Uta Hauthal

IM KREIS

Novelle

Edition Erata
Leipzig 2003

Wilder Apfelbaum

Blüht ein Baum im großen Walde
wilder Apfelbaum im Wald.
Spät am Abend
bis zum Morgen
Nachtigallensang erschallt.

Und der Nachtigall erwidern
Nachtigallen nah im Hag.
Ach, ihr Nächte,
blaue Nächte,
voller Nachtigallenschlag.

Süß ist es, den Duft zu atmen:
Apfelblüten kühl und rein;
sanft wiegt dich,
wenn Schlaf dich fliehet,
Duft und Klang berauschend ein...

(Tatarisches Volkslied, Übertragung: Hedda Zinner)

Abend

Ich liege am Rande der Dämmerung
deck' mich mit Nachtigalls Schlagen zu
sinke in andere Träume im Nu
Im Rauschen des Grüns die Erinnerung

Im Rauschen des Grüns find' ich Nester gebaut
mit eigener Unrast, eigener Ruh
Ich habe in alle Tiefen geschaut

Und wenn auch die Tür sich wieder schließt
Am Lebensbaum bleibt zu sehen die Spur
und ist's im Lied der Nachtigall nur
die einen neuen Ton genießt
die einen neuen Ton genießt.

(Dresden, Mai/Juni 2002)

...zu sagen vom Blühen
in meiner Hand
Weil ich blättre
im Buch
das deine Stimme
mir gab...

I

Er hatte sie die ganze Zeit angesehen. Jetzt schloß er, plötzlicher Erschöpfung nachgebend, die Augen. Mit den Fingerkuppen ihrer rechten Hand fuhr sie seinen schweißnassen Rücken hinab, die Haut zuckte unter der Berührung. Er wollte von ihr umhüllt bleiben, doch der übermüdete Leib forderte sein Recht. Es tat weh, als er sich von ihr löste, Haut klebte an Haut. Einen Wimpernschlag später war er eingeschlafen.

Ulrikes Kopf lag dicht neben dem seinen. Noch glänzten winzige Tropfen auf seiner kräftigen Stirn, und selbst jetzt, im Schlaf, wich die Anspannung nicht völlig aus seinen Zügen. Davon bemerkte Ulrike allerdings nichts, sie genoß einfach den Anblick des Mannes, den sie begehrt hatte wie noch keinen zuvor. Ganz natürlich mischte sich in ihr Glücksgefühl ein Hauch von Triumph.

Andreas arbeitete als Fernsehjournalist beim hiesigen Sender, in seinen Reportagen gab es mehr Fragen als Antworten, verbunden mit etwas, das als ernsthafte Ironie bezeichnet werden könnte. Auch überregionale Fernsehstationen hatten bereits auf seine Beiträge zurückgegriffen. Er war der beste hier, und er wußte das.

Anne Zander, die Chefin, hatte über Ulrikes ungläubiges Gesicht gelächelt, als sie ihr mitteilte, Andreas Herwig würde mit seinem Team kommen. Ulrike war Lehrerin an einer Grundschule, keiner gewöhnlichen Grundschule allerdings. Vor fast zwei Jahren war der Modellversuch zur Integration hochbegabter und behinderter Kinder gestartet. Die Reformpädagogen hatten es Ulrike angetan mit ihrem Blick vom Kind aus, doch Leistung sollte ebenfalls in der Schule gefordert werden, fand sie. So war ein Mischkonzept entstanden, das auch Andere zu überzeugen vermochte. Anne Zander, die kleine, unscheinbare Frau, hatte sich auf einen zähen Kampf mit Regionalschulamt und Kultusministerium eingestellt, der erstaunlicherweise nicht nötig gewesen war, die Türen standen offen.

Nach der Bestätigung ließen sich vier von Ulrikes 20 Kolleginnen in den Vorruhestand schicken, zwei weitere stellten Versetzungsanträge. Alle Anderen gaben sich in das Projekt hinein genau wie sie. Wesentlich zum Gelingen trug die Unterstützung der Eltern bei, die sich um die soziale Entwicklung ihrer Kinder in einer anderen staatlichen Schule gesorgt hätten.

Als er sie begrüßte, flatterte ihre Bauchdecke. Aufmerksamer heller Blick. Mit einer gewohnheitsmäßigen Bewegung durch das mittellange glatte Haar schuf sie Abstand, sie begann über ihre Arbeit zu sprechen.

Gemeinsam mit Anne Zander sah Ulrike den Bericht von Andreas Herwig über die Modellschule. Die beiden Frauen nickten einander zu, er hatte sie verstanden.

Einen Tag nach der Sendung rief er an. Ulrike hörte den Anrufbeantworter ab, seine sinnlich-weiche Stimme, die sie vorher nicht wirklich wahrgenommen hatte, weckte das Flattern in ihrem Bauch erneut, und es verließ sie nicht mehr.

Sie trafen sich zuerst in einem Café an der Elbe, das zweite Mal in seiner Dienstwohnung. Das zweite Mal? Ulrike kannte ihn schon immer, sie war sich ganz sicher.

II

Andreas erwachte früh.

Fast hätte er glauben können, allein zu sein, so reglos schlief Ulrike neben ihm, wenn da nicht ein

Hauch von Apfelfrische und Erde gewesen wäre.
Leise, um sie nicht zu stören, stand er auf, ging ins Bad. Beim Duschen sang er, ein Blick in den Spiegel unterblieb. Andreas' weit auseinanderstehende, blaugraue Augen glänzten in Vorfreude auf ein behagliches Frühstück mit Ulrike, an etwas anderes dachte er im Moment nicht.
Keine Viertelstunde später betrat Andreas wieder den Flur, in einer Papiertüte frische Brötchen unterm Arm, eine weitere mit Obst in der Hand. Aus dem Schlafzimmer kein Laut, er schlich in die Küche, setzte Kaffee auf, deckte den Tisch am Fenster, an dessen weit geöffneten Flügeln er die erste Zigarette rauchte. In hastigen, tief inhalierten Zügen, als ginge ihm andernfalls etwas Wichtiges verloren. Andreas war nicht von schlanker Gestalt, fiel die Fülle auch seiner Größe und der kräftigen Glieder wegen nicht auf; seine unruhigen Bewegungen standen dazu in seltsamem Kontrast.
Als er den zweiten Zigarettenrest im Aschenbecher ausgedrückt hatte, kroch ihm die Stille der Wohnung nachdrücklich unter die Fingernägel. Ein überflüssiger Blick ins Schlafzimmer, das Bett war leer, auf dem Kissen noch der deutliche Abdruck ihres Kopfes, das Laken warm von ihrem Leib. Sie war

grußlos gegangen. Ein Spiel? Reue?
Die Brötchen blieben unangetastet, nach drei weiteren Zigaretten füllte er einen Becher mit Kaffee und setzte sich an den eichenen Schreibtisch.
Er hatte die Nacht mit einer Frau, zupackend und anschmiegsam zugleich, verbracht, er würde sie nicht wiedersehen, daran war im Grunde genommen nichts Ungewöhnliches.
Er zwang sich zu arbeiten.
Eine weitere Zigarette, das vertrieb diesen erdigen Apfelduft. Sie würde nicht die letzte Frau sein, die er am Morgen danach wieder vergaß.
Das Telefon klingelte. Andreas staunte, wie erleichtert er war, als sich Ulrike meldete.
Seine Stimme! Die Gegenwart des sinnlichen Klangs machte Ulrike die Erklärung schwer. Sie war davongestürzt, weil sie im Augenblick des Erwachens gewußt hatte, daß es zu spät war. In 12 Dienstjahren hatte sie noch nie verschlafen! Und die Kinder ihrer Theatergruppe warteten doch, und sie würde doch sofort anrufen, wenn sie Zeit hätte...
Andreas hörte ihr zu, und sein Lächeln vertiefte sich, und er hörte ihr nicht mehr zu, und er lachte, und sie stimmte am anderen Ende mit ein.

III

Sie sahen einander an, die grünbraunen Augen dunkel, die graublauen von lodernder Helligkeit. In den Gläsern auf grober Holztischplatte war das Bier schal geworden.

Nichts existierte mehr außer ihren Augen und der mühsam gezügelten Leidenschaft in ihnen.

Ein Kokon, in dem sie saßen, die einzige Frau und der einzige Mann.

Spät in der Nacht lagen sie aneinander, und wenn noch ein Funken Kraft in ihnen gewesen wäre, hätten sie den Reigen der Leidenschaft von neuem begonnen.

Da war kein Funken mehr.

Ulrikes Kopf auf seiner Schulter, Leib an Leib, Andreas' starkgliedrige, überraschend sanfthäutige Hand auf ihrem Rücken, da schien nur Nähe, schien nur Vertrautheit zu sein.

Sie hatte bisher keine Ahnung davon gehabt, wieviel Glück sie zu empfinden vermochte.

Ich will dich lieben, flüsterte sie so leise, daß es sein Ohr nicht erreichte.

Diesmal hätten sie Zeit zu einem gemütlichen Frühstück gehabt. Doch der Abstand, den ein Tisch verlangte, war zu groß, Ulrike rückte ihren Stuhl an

seine Seite. Ihre runde Schulter streifte in der Bewegung Andreas' Oberarm, ein Stromschlag durchfuhr ihn bis zu den Lenden. Unter diesen Umständen unmöglich, das Schlafzimmer zu erreichen, sie probierten den ungeeigneten Küchenschrank und landeten also auf dem Fußboden.
Eigentlich war Ulrike ein langsamer Mensch, ihre Gesten bedächtig, sie hielt oft inne. Ihr nicht kleiner, rundlicher Körper, später würde sie vielleicht zu Korpulenz neigen, strahlte vor allem eines aus: Ruhe. Jetzt aber glättete sie in Eile den dunkelblauen Rock, mit mäßigem Erfolg, trank einen Schluck Kaffee im Stehen und hastete fort. Sie hatte sich mit der Tatsache abzufinden, daß sie wieder zu spät kommen würde.
Andreas stand rauchend am offenen Fenster. Seine Leidenschaft flog ihren schnellen Schritten nach.

IV

Ich habe ein Gedicht für dich gepflückt!
Ulrike legte ein beschriebenes Blatt vor ihn hin. In ihrem runden Antlitz mit den erst auf den zweiten Blick tiefen braungrünen Augen konnte er nichts als kindliche Freude lesen. Ihm selbst gefror das Lä-

cheln, rasch senkte er den Kopf. Die Buchstaben tanzten.

Hast du das gemacht? Andreas' empfindsame Stimme klang bemüht.

In den Sommerbäumen hingen die Worte und einige Silben im Holunderstrauch, und unten an unserer Elbe, in den Wiesen, fand ich einen ganzen Satz... Sie tanzte übermütig durch's Zimmer, bückte sich, hob auf, streckte sich, pflückte.

Andreas hatte einen Stock im Rücken. Es zerbrach in ihm so laut, daß er glaubte, sie müßte es hören. Das Stroh war verbrannt, die Flammen sackten in sich zusammen. Was blieb, war graue Asche.

Ulrike beendete ihren Tanz. Grünbraun in blaugrau.

Was ist mit dir?

In seinen Augen stand Trauer. Vergangen, vorbei, zu Ende.

Andreas, was hast du?!

Kopfschütteln.

Ich weiß es nicht... ich bin weit weg. Von Asche sagte er nichts.

Ulrike fiel auf den Stuhl neben ihm, obwohl sie danach schrie, durfte sie ihn nicht berühren, fern und fremd saß er da, der Mann, der ihr gerade noch näher zu sein schien als jeder Andere auf die-

ser Welt.
Er kämpfte gegen den Impuls, aufzustehen, fortzugehen, wie er schon mehr als einmal aufgestanden und fortgegangen war. Ihr Geruch hielt ihn zurück, diese beruhigende Mischung aus Apfel und Erde, als wäre Ulrike ein wandelnder Garten. Auf die Erde kann man sich legen, sie trägt einen, auf die Erde kann man bauen.
Ulrike streckte bittend eine Hand aus, die Innenfläche zeigte nach oben. Sein Blick heftete sich auf die Hand, wieviele Linien, nebeneinander, sich kreuzend, scheinbar willkürlich gezogen und doch in sinnhafter Ordnung. Das Bild verschwamm. Andreas senkte die Lider tiefer, um das Feuchte in seinen Augen zu verbergen. Als er sich gefaßt hatte, sah er sie an. Jetzt etwas sagen oder doch noch gehen. Er atmete tief und suchte nach Worten.
Das Gedicht war der Auslöser gewesen. Ulrike hatte keine Ahnung von dem unüberwindbaren Meer, das zwischen ihm und jeder Art von Lyrik lag, sie kannten einander nicht. Das Gedicht hatte den Kokon aufgeschnitten, es war wieder nicht möglich gewesen zu fliehen.
Andreas erhob sich von seinem Stuhl, er wendete sich ab. Sie nicht ansehen zu müssen, half beim

Sprechen. Ulrike stellte sich hinter Andreas und umfing ihn vorsichtig. Kein Wort fiel zwischen ihnen zu Boden.

V

Zwischen seiner und ihrer Wohnung gähnte ein finsterer Schlund. Erst in ihrem Flur kam sie wieder zu sich, als sie den Schlüssel an seinen gewohnten Platz neben der Tür hängen wollte. Gewohnter Platz? Nichts war mehr so wie vorher.
Ulrike verfiel in eine Geschäftigkeit, die ihrer bedächtigen Art bis dahin unbekannt gewesen war.
Zuerst mußte der Fernsehapparat verschwinden. Nicht zu ertragen der Gedanke, das Gerät ahnungslos anzustellen und Andreas auf dem Bildschirm zu sehen. Sie verschenkte ihn an jemanden, der sofort vorbeikommen und ihn abholen konnte.
In der Schule blieb sie von nun an noch länger als sonst, betrat sie dann endlich ihre eigenen vier Wände, tauchte sie Pinsel in Eimer und strich ihre Zimmerwände. Jeden Tag fuhr sie solange Fahrrad, bis Schweißbahnen von den Achselhöhlen die Seiten herabliefen.
Es gab nicht eine Minute, nicht eine Sekunde, in

der sie nicht an Andreas gedacht hätte. In der sie nicht um die Liebe, die zu Ende gewesen, bevor sie richtig begonnen, getrauert hätte.
Sie hatten gestanden, regungslos, Ulrikes Arme um seinen Leib, er redete, mit Pausen aus dunkel gefärbter Zeit. Für ihren Schmerz waren keine Worte da. Vielleicht, weil sich sehr viel Anderes mit ihm mischte.
Von Bettina hatte er gesprochen, seine Liebe zu ihr in jahrelangem Streit zerrieben, vor allem aber von Ricarda. Wenn sein fünfjähriges Kind ihm entgegenlief, wenn es die Arme um seinen Hals schlang, nur dann war er wirklich zu Hause. Und die Arbeit, immer und immer die Arbeit - Zuflucht, Entschuldigung. Der wachsende Erfolg rechtfertigte das.
Frauen. Intensive Leidenschaften, die ihn, so schnell sie aufgeflammt waren, wieder verließen. Mehr Frauen.
Er war müde geworden.
Ulrikes unschuldige Freude an ihrem Gedicht hatte wie ein Blitz das ganze Gebäude ausgeleuchtet.
Und Donner würde folgen.
Für Ulrikes Schmerz waren keine Worte da. Weil dieser Moment, ungeschönt, brutal, funkelte wie ein seltener Diamant.

Eines Morgens nach dem Zähneputzen, die ganze Wohnung jetzt frischfarbig, hielt Ulrike ihren Blick im Spiegel fest. Zum ersten Mal sah sie sich wieder wirklich an. Ihre Augen hatten sich verändert, das dunkle Grünbraun war lichter geworden.
Ich habe Helligkeit von ihm mitgenommen, dachte sie gerührt.
An diesem Tag kehrte sie früher als sonst aus der Schule zurück, das Fahrrad blieb im Keller, sie setzte sich hin, nahm ein liniertes Heft zur Hand und schrieb.

VI

Ricarda sprang ins Bett, mit dem Rücken an die Wand gedrückt, faltete sie sich zusammen wie ein Gemsenkind in froher Erwartung, daß Andreas gleich folgen werde. Sie tat, als schliefe sie schon, er legte sich, ein Ächzen zwischen den Zähnen, neben sie, er strich mit dem Zeigefinger über ihr rotbackiges Gesicht. Von der Stirn über Jochbein, Wange und Kinn, rechts, links, dann die gerade Linie von der Nasenwurzel hinab. Sein Herz floß durch den Finger in ihre offene Kinderhaut.
Schlug sie die Augen auf, durfte er anfangen.

Es war ein sonniger, warmer Tag, an dem der Teddybär, der Kecki hieß, einen riesigen Hafen erreichte, begann Andreas mit seiner weichen Erzählerstimme, die aus Tiefen stieg, von denen er selbst noch nichts wußte.

Große Schiffe lagen vor Anker, Menschen wimmelten am Kai, an Kränen hingen Container oder Kisten, die verladen wurden, Schnellboote verließen den Hafen oder trafen ein, es war laut. Inmitten dieses Gewühls stand unser Kecki mit aufgerissenen Augen. Lust auf Abenteuer wurde in ihm wach, hinein in eins der Schiffe und hinaus auf's Meer, aber allein war ihm das doch nicht recht geheuer. Einen Reisegefährten müßte er haben!

Durch Fauchen und Schreien in der Nähe wurde er aus seinen Gedanken gerissen. Er tat ein paar Schritte nach vorn und lugte um die Ecke. Kein schönes Schauspiel, das sich ihm da bot! Ein fetter schwarzer Kater prügelte erbarmungslos auf eine dreifarbige Katze ein, die sich nur noch schwach seiner Schläge erwehren konnte. Kecki überlegte nicht. In einem günstigen Moment sprang er dem Fetten von hinten in den Nacken und biß mit all seiner Kraft zu. Der heulte auf, ließ von der Katze ab und machte sich davon.

Ich heiße Kecki, sagte Kecki und verbeugte sich höflich vor der Kleinen.

Ich heiße Bubulina, flüsterte die erschöpft.

Von da an waren sie Freunde.

Kecki versorgte die Wunden der Katze, er bewachte ihren Schlaf und erzählte ihr Geschichten. Als sie zu Kräften gekommen war, fragte er sie, ob sie mit ihm verreisen wolle. Bubulina war sehr jung, ein bißchen Angst vor der Ferne hatte sie, aber was sollte ihr an Keckis Seite schon geschehen? Zwei Tage später brachen sie auf...

Ricarda war hängengeblieben.

Warum hat der fette Kater Bubulina denn verprügelt?

Das weiß ich auch nicht, sie hat nie darüber gesprochen.

Hm...Jetzt noch den *Riesen Glombatsch.*

Andreas setzte sich auf und begann zu singen, die hohe leichte Kinderstimme fiel ein.

VII

Er fuhr schreiend hoch. Ein müdes: Papa? an seiner Seite zeigte ihm sogleich, wo er sich befand.

Nichts, Rikki, schlaf weiter...

Andreas schlich hinaus. In der Wohnung alles still, ein Blick auf seine Armbanduhr, es war 1 Uhr 23. Auf dem winzigen Balkon stehend, atmete er tief, Sterne blinkten aus klarem Himmel, Andreas sah davon nichts. Er rauchte in schnellen Zügen.

Er lief. Rennt durch nächtliche Straßen, kaum eine funzlige Laterne, ein halber Mond verbreitet kalten Schein. Plötzlich schrumpft er, wird kleiner und kleiner. In einem düsteren Raum findet er sich wieder, er liegt auf dem Rücken, die Stäbe des Gitterbettes ein Drahtzaun über ihm, es ist so kalt, der schwarze Tunnel wird ihn verschlingen, er ist ganz allein und schreit und schreit und schreit...

Unsinn, flüsterte Andreas ins Dunkle.

Er holte sich Wodka aus dem Schrank im Wohnzimmer, kehrte auf den Balkon zurück und entzündete eine neue Zigarette.

Unsinn.

Am Morgen machte er sich schon vor Bettina in der Küche zu schaffen, brühte Kaffee, deckte den Tisch. Er zwang sich, nicht an das unterbrochene Frühstück vor wenigen Tagen in seiner Dienstwohnung zu denken. Rikki stürmte herein und hing im selben Augenblick an seinem Hals. Eine Welle nahm ihm den Atem, er grub das Gesicht ins mär-

chenhelle lange Haar seines Kindes.
Jetzt aber ab ins Bad! Mit einem Klaps schickte er sie fort.
Ricarda flog davon. Und hätte beinahe ihre Mutter umgerannt, die gerade in der Tür erschien. Bettina blieb im Rahmen stehen, er hat was gutzumachen, verdammt, er hat was gutzumachen!... Andreas bemerkte den Schatten, er schaute sie bittend an. Sie unterdrückte ihr Mißtrauen, sie wollte sich ja einfach nur freuen, die strengen Züge entspannten sich. Bettina trat auf ihren Mann zu, küßte ihn sehr vorsichtig, als wagte sie es nicht, dem seltenen familiären Moment zu trauen, dann sank sie mit gespieltem Vorwurf: Ich muß ja gar nichts mehr machen!, in einen Stuhl.
Er rührte sich nicht.
Bettinas kurzgeschnittenes braunes Haar hatte über dem linken Ohr eine weiße Stelle bekommen, wann, hatte er nicht bemerkt.
Bilder schoben sich ineinander.
Bettina, als sie sich kennenlernten, die schlanke quirlige Frau, Wirbelwind in der Redaktion, die ihn für arrogant hielt und ihm aus dem Weg ging. Ihr monatelanges Zögern als einzige Antwort auf sein ernstes Werben. Der Augenblick, als sich ein drah-

tiger Leib in seine Arme gab und unerwartet weich wurde. Eine rundbäuchige Bettina, viel ruhiger und manchmal wie außerirdisch heiter und sein fast schmerzendes Bedürfnis, sie zu beschützen. Ricardas Ankunft, Bettinas Schweiß und sein eigener mischten sich und dann, und dann...

Ich sehe nach Rikki, sagte er mit belegter Stimme.

VIII

Andreas, warst du das nicht, der Hedda Zinner kennengelernt hatte?

Der Angerufene trat in die offene Studiotür.

Stimmt. Wie kommst du denn jetzt darauf?

Max lächelte sein stilles Lächeln, das ganze lange Gesicht von winzigen Fältchen überzogen.

Ich lese gerade *Arrangement mit dem Tod.*

Das war das Buch von ihr, das mich am meisten bewegt hat, erinnerte sich Andreas.

Die Gespräche mit der alten Dame im Haus am Fritz-Erpenbeck-Ring waren ihm unvergeßlich, und das nicht nur, weil sie den Anfang seiner Journalistenkarriere bezeichneten.

Wie lange allerdings war es her, daß er nicht mehr daran gedacht hatte?

Max lehnte sich in seinem Bürostuhl zurück und verschränkte die Hände am graustoppligen Hinterkopf:

Erzähl doch mal!

Die 80jährige mit gebeugtem Rücken und den tief über die Augen gezogenen Lidern, als wollte sie sortieren, welche Bilder der Außenwelt sich zu ihrem reichen Innenleben dazu gesellen dürften, der hinfällige Körper, den sie Tag für Tag an den Schreibtisch zwang, Hedda Zinner, deren Stimme laut, ja scharf, wurde, als sie über Demonstrationen von Neonazis sprach...

Der Andere hielt sein Schweigen für zögern, deshalb fügte er verführerisch hinzu:

Darfst auch bei mir rauchen...

Andreas setzte sich, die Zigarette schon in der Hand.

Am meisten beeindruckte mich ihre Geradlinigkeit. Die Wende hatte sie von ihren sozialistischen Überzeugungen nicht weggebracht, im Gegenteil. Sie hoffte, daß die Idee überleben würde.

Er schwieg schon wieder.

Es war ihm, als steche etwas Nadelspitzes in seine Brust.

Hedda Zinner hatte nichts ausgelassen, die Irrtümer

nicht und nicht den Selbstbetrug. Darüber, was in Moskau geschah mit den Genossen, das Verschwinden der Nachbarn, das Schweigen. Die irrwitzige, zähe Hoffnung, es werde sich alles aufklären. Spät die Erkenntnis und Suche nach Orientierung. Sie hatte das alles berichtet in geradezu sachlichem Ton, und Andreas hatte gespürt, sie war schonungslos mit sich selbst um der Nachgeborenen willen.

Ich habe manchmal gedacht, daß die Entwicklung in den folgenden Jahren ihren Tod befördert hat, setzte er nach langer Pause fort.

Warum?

Sie hat über ihre linken Erfahrungen geschrieben, sie blieb eine linke Stimme. Hat das zu der Zeit vielleicht noch irgendeinen interessiert?

Eher nicht, bestätigte Max.

Einmal, Andreas lächelte in der Erinnerung, führte sie mich zu einem Fenster, zeigte hinaus und erklärte: Da drüben, in der Gründerzeitvilla, da saßen die, da hab' ich die immer beobachtet. Das fand ich wunderbar, die alte Dame beobachtete die Stasi, nicht etwa nur umgekehrt!

Er dachte nach.

Sie war keinesfalls unkritisch gegenüber der DDR,

aber ihrer Meinung nach war sie unbedingt die beste der möglichen Welten. In ihrem Leben hatte sie schließlich genügend andere Gesellschaftsformen kennengelernt. Naja, sie war schon privilegiert. Aber sie hat ihre Überzeugungen nicht verleugnet.

Ich wiederhole mich in Floskeln anstatt einzugestehen, daß ich sie verraten habe, dachte Andreas. Schließlich war ich es, der sie zum Abschied umarmte, schließlich war ich es, der ihr versprach, mich und meine Arbeit von nun an mit anderem Maß zu messen. Und jetzt? Von gelegentlichen Höhepunkten abgesehen, rettet mich tägliche Routine, und schon für die klopft mir jeder auf die Schulter... Und Bettina? Und Rikki?...

Max' langes Gesicht mit den lebhaften Augen verriet sein Interesse.

Sie scheint für dich sehr wichtig zu sein, stellte er fest, als hätte er die Gedanken des Freundes gelesen.

Ich würde mich freuen, wenn du mir mehr von ihr erzählst.

Andreas nickte.

Später.

IX

Und wenn du von diesem Rest hier ein Stück abreißt, so, dann hast du gleich eine Amsel, die über den Bäumen fliegt.

Gustav machte einen winzigen Klecks Leim auf die Rückseite des schwarzen Papierfetzchens und klebte es in den Himmel.

Andreas' helle Augen hatten den Großvater aufmerksam beobachtet, jetzt folgte er seinem Beispiel. Die Finger des Siebenjährigen waren lang, und er gebrauchte sie mit Geschick, und die Zungenspitze, die sich von einem Mundwinkel zum anderen bewegte, half ihm dabei.

Zwei Klebebilder waren schon fertig.

Gustav ließ sich im Ohrensessel nieder. Das linke Bein bereitete ihm wieder Schmerzen, er unterdrückte ein Stöhnen. Über den Rand der NBI hinweg, die er aufgeschlagen hatte, sah er Andreas zu. Schon den fünften Sommer verbrachte sein Enkel hier, und es bedeutete ihm alles, den Jungen um sich zu haben. Die Tage waren voller Licht, die Nächte ohne düstere Träume, manchmal erzählte er Andreas von seiner Großmutter Frieda, und die Erinnerungen taten dann nicht weh.

Sein Zappeln raubt mir noch den letzten Nerv, ging

Helenes ständige Rede. Gustav verstand die Tochter nicht. Natürlich, er erlebte seinen Enkel nur in den Ferien, das mochte ein Unterschied sein, aber trotzdem. Ob sich Andreas mit Bastelarbeiten beschäftigte, die er liebte, oder ob er draußen nach den Tieren sah, Gustav kannte ihn nur ausgeglichen. Bestimmt war das hektische Stadtleben daran schuld. Helene hatte es immer weggezogen, ihr Unternehmungsgeist brauchte andere Nahrung, als der Hof sie bot, aber der Junge... Gustav seufzte. Und widmete sich dann seiner Zeitschrift.
Andreas betrachtete mit schiefgelegtem Kopf das Bild, die rastlose Zunge war wieder dort verschwunden, wo sie hingehörte, im Mund. Weil ihm sein Werk gefiel, würde er es Großvater schenken. Er nahm das Blatt und ging zu ihm hinüber.
Gustavs hagere Hände ruhten auf der zusammengefalteten NBI im Schoß. Sie hatten viele kleine blutige oder grindige Stellen. Andreas störte das nicht, er hatte erfahren, wie es war, wenn man kratzen wollte, er hatte mit den Windpocken gekämpft.
Gustavs hagere Hände legten die Illustrierte beiseite, der Junge setzte sich auf seinen Schoß und beide vertieften sich in das Bild.
Ich mag die grüne Wolke Lotte, sagte der alte

Mann nach einer Weile. Andreas lehnte sich glücklich an die magere Brust des Großvaters. So konnte nur eine von Gustavs spannenden Geschichten beginnen.

X

Bettina durchmaß die Wohnstube wie ein gefangener Panther, Tür - Schrank, Schrank - Tür. Der begossene Pudel in der Mitte des Raumes hieß Andreas. Kerzen brannten flackernd auf dem Eßtisch.
Ich hab' es so satt! Wie oft hast du versprochen, nach Hause zu kommen, und ich warte und warte wie ein gottverdammter alter Idiot! Manchmal denke ich, in den letzten Jahren hat der wesentliche Teil meines Lebens aus Warten bestanden!
Nicht so laut, Rikki...
Hat dich Rikki vielleicht interessiert, als du in deine hoch wichtige Sitzung gegangen bist?! Oder wer weiß, wo du wirklich warst...
Ihre Augen sprühten Gift aus dunklen Höhlen. Sie haßte ihn. Am liebsten hätte sie ihre Tochter genommen und wäre geflohen. Doch wohin hätte sie sich wenden sollen?
Bettina ließ sich in einen Stuhl fallen. Ihre Züge

waren hart, graue Haut spannte sich über spitze Wangenknochen. Auf dem Tisch befanden sich die Reste des Abendbrots, ein Gedeck war unberührt geblieben.

Andreas machte einen Schritt auf sie zu.

Tine, ich... es tut mir so leid, aber wir drehen doch nächste Woche in dieser Modellschule, und wir mußten...

Spar dir deine Erklärungen, ich will sie nicht hören!

Sie erhob sich und verließ an ihm vorbei das Zimmer.

Tine..!

Er folgte ihr.

Er erreichte sie im Flur, er umfaßte sie sacht und flüsterte Versprechungen in ihr linkes Ohr. Bettina sträubte sich, aber sein Atem an ihrer Wange, der kräftige Leib, den sie kannte wie keinen sonst, sein Geruch... War es nicht das, was zählte? Ehe es ihr selbst bewußt wurde, gab ihr Rücken seinen Widerstand auf und lehnte sich an die starke Brust ihres Mannes.

Bettina war eingeschlafen, er bettete ihren Kopf von seiner Schulter auf das Kissen und erhob sich.

Auf dem winzigen Balkon in einer frühen Sommernacht, verhangen und sternenlos. Andreas sog den

Rauch in die Lungen, als hinge sein Überleben davon ab.

Sie war weich geworden, sie hatte sich ihm hingegeben, sie hatte wieder von neuem gehofft. In diesem Moment wollte er ganz zu ihr zurückkehren, ganz bei ihr sein. Er wollte ihre immer ein wenig trockene Haut an den Hüften streicheln, er wollte ihre winzigen, straffen Brüste spüren, er wollte sich von ihrer feuchten Offenheit mitnehmen lassen...

Er tat es wohl auch, aber der Höhepunkt, der ihn fortriß, fühlte sich wie eine Lüge an.

Er befand sich allein auf einem winzigen Balkon in sternenloser Nacht, ihn fröstelte. Andreas kehrte an die Seite seiner Frau zurück, er sank in kurzen Schlaf. Am Morgen würde er das Haus verlassen haben, ehe Bettina erwachte.

XI

Nach dem Sommer empfing ihn eine seltsam aufgeräumte Mutter. Zwei Monate lang hatte er es vergessen.

Bald wird ein Schwesterchen oder Brüderchen da sein, Andi, freust du dich denn schon?

Sie legte seine Hand auf ihren geschwollenen

Bauch.
Spürst du, wie sich's bewegt?
Als ihr Druck nachließ, zog er seine Hand sofort weg. Die Innenfläche brannte.
In seinem Zimmer war der Tisch ans Fenster, die Kiste mit seinen Spielsachen darunter geschoben worden. Die Ecke rechts von der Tür war leer. Andreas zog am Griff der Holzkiste, mit Mühe brachte er sie hervor und rückte sie an ihren alten Platz. Den Tisch bekam er nicht von der Stelle.
Laß die Sachen bitte so stehen, hier muß doch das Kinderbett für dein Geschwisterchen hin.
Andreas sah schweigend zu, wie die runde Mutter sein Spielzeug verstaute.
Und jetzt komm bitte 'rüber und hilf mir!
Der Junge wünschte sich auf die grüne Wolke Lotte, hoch in den Himmel steigen und davonfliegen. Stattdessen trug er Geschirr ins Wohnzimmer und Besteck. Die Mutter stand am Herd, mit der Rechten rührte sie im Suppentopf, die Linke ruhte auf dem dicken Leib. Andreas wartete neben ihr. Sie sah ihn an und sah ihn nicht, ihr Blick entglitt in Fernen, der Junge gläsern, kein Hindernis auf diesem Weg.
Bitte noch den Untersetzer, Andi, dann können wir

essen.

Sie war wieder da.

Sie drehte das Gas ab, faßte den Topf und folgte ihrem Sohn.

Der Vater würde erst in drei Tagen zurückkehren, die Hauptstadt brauchte, wie Andreas gelesen hatte, jede bauende Hand. Die Familie brauchte das Geld. Die Mutter hielt nach dem Essen Mittagsschlaf auf dem Sofa, Andreas räumte leise ab, spülte und verschwand in seinem Zimmer. Er ignorierte die leere Ecke rechts neben der Tür, er vermied es, sich an den Tisch am Fenster zu setzen. Er griff nach dem *Kalif Storch*, faltete sich auf seinem Bett zusammen wie eine Gemse, hielt das Buch im rechten Winkel aufgeschlagen vor sein Gesicht und las.

XII

Bubulina lag ausgestreckt auf dem Hinterdeck des Fährschiffes, Kecki an ihren weichfelligen Rücken gelehnt. Da verdüsterte sich plötzlich der Himmel, Wind kam auf, in der Ferne war Donnergrollen zu hören. Die ersten Blitze huschten über den dunkelnden Horizont. Bubulina hatte Mühe, ihren Freund zu beruhigen, Kecki war ein tapferer Reisender, aber Gewitter machte ihm Angst. Schon immer.

Der Wind verstärkte sich, die Wellen schäumten höher und höher hinauf, trotzdem war sich Bubulina sicher, daß dem großen Schiff nichts passieren könnte.

Ich hätte ihr gewünscht, daß sie recht behält, aber leider kam es anders, unterbrach sich Andreas selbst.

Ricarda griff nach seiner Hand, er umschloß die kleinen Finger fest und fuhr fort.

Das Unwetter nahm seinen Lauf. Inzwischen wurde das gewaltige Boot herumgeschleudert, daß kein Kapitän mehr in der Lage gewesen wäre, es zu steuern, und führerlos, wie es war, strandete es an einer Felsklippe, zum Glück nicht sehr weit vom Festland entfernt. Jetzt wußten die Freunde, daß sie den Kahn schnell verlassen mußten, er würde sinken. Sie mochten die Vorstellung beide nicht, aber sie hatten keine Wahl, Pfote in Tatze stürzten sie sich in die Flut. Obwohl die Wasser an ihnen rissen und zerrten, wurden sie nicht getrennt, sie klammerten sich mit aller Kraft aneinander fest. Schließlich warfen die Wellen sie auf den nahen Strand.

An Land rafften sie sich, erschöpft und glücklich

zugleich, auf, eine Unterkunft zu suchen. In der Ferne konnten sie Häuser und Bäume erkennen, dorthin lenkten sie ihre langsamen Schritte. Während sie noch auf dem Weg waren, klarte es auf, Wind und Regen und Donner ließen nach, und als sie die ersten Gebäude erreichten, brachen sich Strahlen der Abendsonne Bahn.

Auf einem Schild an der Straße entzifferte Kecki *Methana*, und Bubulina war ganz verblüfft darüber, daß ihr Freund lesen konnte. Im Ort zeigte sich niemand, weder Mensch noch Tier. Es war gespenstisch still...

Ricarda richtete ihre Augen auf Andreas.

Warum hatte Bubulina denn nicht lesen gelernt?

Er dachte nach.

Ich glaube, ihre Mama fand es wichtiger, ihr andere Dinge beizubringen.

Was denn?

Na, Mäuse fangen, Quellen suchen, klettern und schleichen. Und schwimmen, für den Notfall...

Doch jetzt schlaf, mein Schatz.

Andreas strich seiner Tochter über Kopf und Rükken.

Aber ich will noch das Lied vom *Thomas auf dem Meer*, murmelte sie.

Er sang leise, mit der dritten Strophe stahl er sich davon, Rikki atmete gleichmäßig.

XIII

Andi, zappel' nicht, Andi, hilf mir, ich komme gleich wieder, Andi...
Der Vater war wie fast immer nicht zu Hause, Mutter wiegte Bruder Christian im Arm. Sie pustete ihm ins daunige Kopfhaar, bedeckte das winzige Gesicht mit Küssen, sie sang. Andreas stand daneben, sehr gerade, er musterte die hingegebenen Züge seiner Mutter, das Christian-Fäustchen, das sich um ihren Zeigefinger schloß. Er mußte sich abwenden. Stumm und gerade ging er in sein Zimmer, an einem Kinderbett vorbei tauchte er in die Abenteuer des *Kleinen Muck*. Nicht lange, da sprang er auf, holte sich seinen Lieblingsteddy, setzte sich hin. Sprang wieder auf, zog sich Sandalen an und verließ das Haus.
Unten am Fluß warf er flache Steine in träge Wasser, sie hüpften mehrmals über die ruhig ziehende Oberfläche. Hände in die Taschen vergraben, wanderte er dann durch die Wiesenaue. Als er sich den fünf Linden im Rund näherte, huschte ein Eich-

hörnchen einen Stamm hinauf. Andreas beobachtete seine ruckartigen Bewegungen, er bewunderte die volle rostbraune Fellfarbe, den buschigen Schwanz. Obwohl scheu, schien sich das Tier durch die Anwesenheit des Jungen nicht gestört zu fühlen, es äugte zu ihm hin. Andreas stand reglos, er unterdrückte sogar das Atmen.

Die Linden bildeten einen Kreis von vielleicht 10 Metern. Er glitt in der Mitte ins wadenhohe Gras, breitete die Arme, sah nach oben. Die Kronen ein Dach, dies hier sein Haus. Herbstfarben kündeten sich an, bald würde es kühle Tage geben. Jetzt aber lag er auf warmer Erde, Insekten sirrten, eine Ameise bahnte sich mühevollen Weg über seinen linken Unterarm. Bei dieser Berührung träumte er sich weg, in eine Wohnstube mit Nußbaumtisch und Ohrensessel. Gustavs hagere Hände halten ihn, gemeinsam besteigen sie die grüne Wolke Lotte und reisen in ferne Länder.

Als die Sonne dem Horizont schon sehr nah gekommen war, trennte sich Andreas von seinen Linden. Hände in den Hosentaschen vergraben, trat er den Heimweg an.

XIV

Christian-Bruder jauchzte, weil Andreas die Wohnungstür aufriß und die Treppe hinab zum Briefkasten rannte. Der Kleine saß in seinem Laufgitter und traktierte die Stäbe mit einer Rassel. Und wartete auf des Großen Rückkehr.

Es dauerte. Schon verzog Christian die Mundwinkel, da erschien Andreas im Türrahmen. Er würdigte seinen Bruder keines Blickes, er verschwand im Zimmer. Die Mutter konnte sich ausnahmsweise nicht um die Gefühle ihres Lieblings kümmern, nachdem sie kurz mit dem Älteren gesprochen, zog sie sich schnell an und knatterte im Trabant fort. Von einem Augenblick zum anderen fand sich der Winzling verlassen, er schrie seine Angst heraus. Andreas blieb lange unbeeindruckt. Heute war der 30. April, und das war sein 8. Geburtstag, und Großvater hatte ihm nicht geschrieben. Die Mutter hatte der ausgebliebene Brief veranlaßt, sofort ins Brandenburgische aufzubrechen.

Christians Schreien steigerte sich derart, daß es endlich doch zu Andreas durchdringen mußte. Er ging hinüber und hob den Kleinen aus seinem Ställchen. Der wurde sofort ruhig, er legte seine Ärmchen um Andreas' Hals und schmiegte mit ein paar verspäteten Schluchzern seine an des Bruders Wange. Der Ältere fühlte das kleine Herz an seiner Brust, die Umarmung tröstete ihn. Zum ersten Mal seit seiner Ankunft nahm er das Kind wirklich wahr, nicht als der Mutter gewollten Sohn, sondern als eigenen Winzlingsmenschen am Anfang seines Weges.

Dann wurde Christian-Bruder wieder weinerlich, Andreas glaubte seine Stimme klar und deutlich zu vernehmen: Hunger!

Ohne Eile, den Kleinen auf der Hüfte, begab er sich in die Küche, um die vorbereitete Milchflasche zu erwärmen. Seine Bewegungen waren trotz der nicht unbeträchtlichen Last sicher.

Christian lag auf dem Sofa, Andreas besah sich seine Geschenke und baute sie neben ihm auf: Ein Sternrekorder und Matchboxautos vom Vater aus Berlin. Von der Mutter eine Tischdecke. Vom Großvater nichts.

Schlüssel in der Wohnungstür, er lief der Eintretenden entgegen. Sie sah blaß aus. Sie zog ihn zu sich heran, er wehrte sich nicht.

Großvater liegt im Krankenhaus... er war gestürzt... Oberschenkelhalsbruch... und nun haben sie entdeckt, daß... Andi, mein Junge...

XV

Die weit auseinanderstehenden hellen Augen ohne Träne. Oft senkten sich die Lider darüber, als wären sie des Sehens, der äußeren Bilder müde geworden.

Andreas weinte nicht, als er den Großvater sah, den hageren Kopf abgemagert, unbegreiflich spitznasig, ein kranker Vogel in steifweißem Bettzeug, die Decke bis unter das Kinn, sie hatten sich angesehen, nur der unverändert blaugraue Blick zeigte ihm, daß das wirklich Gustav und kein fremder kranker Vogel war.

In der Nacht darauf starb er.

Andreas begriff nicht, was das hieß, er verstand nur, daß er den Großvater nicht mehr besuchen würde. Daß der Hof im Brandenburgischen ein Name, eine Erinnerung geworden war.

Die weit auseinanderstehenden hellen Augen ohne Träne.

Andreas weinte auch auf dem Friedhof nicht. Die Mutter war erleichtert, daß er Gustavs Tod offensichtlich gut verkraftete, wunderbarerweise hatte er sogar aufgehört zu zappeln. Ernst und still erledigte er alles, was von ihm verlangt wurde. Womöglich war dieses Hin und Her von Stadt und Land eher eine Belastung für ihn gewesen. Gustav mochte ihm außerdem manchen Floh ins Ohr gesetzt haben, sie kannte ihren Vater doch. Es war schon ganz richtig so, wie es war. Andreas sprach nie von seinem Großvater, die Mutter nahm an, daß er ihn bald vergessen hatte. Es erleichterte sie sehr; immer allein mit den beiden Jungen, das brachte sie ohnehin schon häufig genug an ihre Grenzen.

Eines machte sie traurig. Ihr älterer Sohn war überhaupt nicht zärtlich. Sie gab sich große Mühe, ihn in seiner Art zu akzeptieren. Wenn nicht der anhängliche Kleine gewesen wäre, hätte ihr das noch mehr Schwierigkeiten bereitet.

Andreas saß jetzt viel zu Hause und las. Nach wie vor befand sich das Kinderbett in seinem Zimmer. Kam er rechtzeitig aus der Schule, bewachte er Christian-Bruders Mittagsschlaf, abends holte er ihn meistens zu sich. Juchzte der Jüngere, konnte auch der Große von Herzen lachen.

Andi, kommst du mal bitte?

Das neue, das dritte Schuljahr hatte begonnen, deshalb stattete Frau Schneider der Mutter einen Besuch ab. Frau Schneider war jung und freundlich, mit einem strohfarbenen Turmbau auf dem Kopf. Er stellte sich manchmal vor, wie sie mit offenem

Haar aussehen würde.
Ich habe mich sehr darüber gefreut, daß du dich so um deinen kleinen Bruder kümmerst, sagte sie, nachdem er die Tür hinter sich zugezogen hatte.
Aber es wäre schön, wenn du deiner Mutti mehr erzählen würdest. Sie möchte doch wissen, was du in der Schule alles erlebst! Wirst du mir versprechen, das in Zukunft zu tun?
Andreas liebte die freundliche Lehrerin, er wollte sie nicht enttäuschen, er nickte.
Frau Schneider lächelte und fuhr zur Mutter gewendet fort:
Sie können wirklich stolz sein auf Ihren Sohn, Frau Herwig, er ist ein fleißiger Schüler...

XVI

Sie gingen am Fluß entlang.
Es war das erste Mal, seit er in seiner Dienstwohnung lebte, daß ihn Bettina besuchte.
Andreas schritt an ihrer linken Seite, als brauchte er den Anblick ihres weißen Haars über dem Ohr. Sie liefen langsam, es gab lange Pausen in ihrem Gespräch. Sie mußten sich des Bodens, auf dem sie sich bewegten, erst Stück für Stück versichern.

Er berichtete von der Redaktion, von Max, ja, und der Erinnerung an Hedda Zinner, von der Modellschule... Stocken. Ulrike gehörte dazu. Ein Blick zur Seite, das war schwankender Grund, aber das Weiß über ihrem Ohr! Er blieb stehen, er suchte ihre dunklen Augen. Bettina ahnte, wofür ihm die Worte fehlten. Sie baute ihm einen Steg, sie sah ihn an.

Andreas' Fuß tastete sich vorwärts. Die Flamme, das Gedicht, Asche.

Bettina schluckte. Obwohl sie fürchtete, in ein Loch zu stürzen, versuchte sie ihn zu verstehen.

Er hob die Arme, sie glitt, zögernd noch, hinein.

Warum machst du mir keine Vorwürfe, Tine, du hast doch jedes Recht dazu? sprach er in ihr Haar.

Weil wir dann an demselben Punkt wären wie schon so oft, antwortete sie in seine Schulter.

Und weil es mir sehr wehtut und weil ich dich liebe...

Als sie ihren Weg fortsetzten, streckte Andreas die Hand aus. Ohne nachzudenken, legte Bettina die ihre hinein.

Du warst so selten zu Hause, nahm sie den Faden erneut auf, und wenn du kamst, dann hat nur Rikki gezählt, und irgendwann, da... hab ich dich gehaßt und sie auch...

Ein Schauer rieselte seinen Rücken hinab.
Seit Ricarda auf der Welt war, wußte er, was es hieß, Alpträume zu haben. Das Kind ist in Gefahr, und er kann ihm nicht helfen. Sich vorzustellen, daß sie selbst ihrer Tochter etwas antun könnten...!
Laß uns immer versuchen, unser Kind zu schützen, auch, wenn es schwierig zwischen uns ist, ja? Und das klang inbrünstig wie ein Gebet.
Fest blieben ihre Hände verschränkt auf dem Weg am Fluß.
Abends lagen sie in der Dienstwohnung, Bettinas Rücken an seinem Bauch, und sie berührten sich ganz vorsichtig, denn der Andere bestand aus hauchdünnem Glas.

XVII

Mama, du hast noch nie Papas Geschichten zugehört!
Und deshalb wird es höchste Zeit, stimmt's Rikki?
Jaaa!...
Das Mädchen wühlte auf dem kleinen Platz zwischen seinen Eltern hin und her, bis Andreas seine kräftige Hand mit den Worten:
Wenn du so ein unruhiger Floh bist, kann ich nicht

anfangen, Schatz, auf ihren Bauch legte.
Ich bin ganz still, Papa, versprochen.
Runde Kinderaugen blickten zu ihm auf.
Kecki und Bubulina waren in den stillen Straßen von Methana...
Papa warte, Mama weiß doch gar nicht, worum es geht, das müssen wir ihr doch erst erklären!
Nein, nein, lächelte Bettina, erzähl' ruhig, ich komm schon mit.
Sie küßte Ricarda auf die Stirn.
Das Kind sah zweifelnd drein, fügte sich aber, da es neugierig auf die Fortsetzung war.
Also, sie hatten dann doch jemanden getroffen, einen alten weisen Kater, der ihnen verriet, wo sie eine warme Mahlzeit und ein Nachtlager finden würden.
Nach dem Essen schliefen sie sofort ein.
Es war noch dunkel, als Bubulina erwachte. In ihren Pfoten zuckte es, die Nacht rief. Bubulinas grüne Augen leuchteten wie zwei Laternen. Sie machte sich lautlos auf den Weg, begleitet vom falben Schein des Mondes.
An einer alten Mauer aus Kalksteinquadern stieß Bubulina auf eine Schlange, die von einem heruntergestürzten Stein eingeklemmt worden war. Die

Schlange wand sich in großen Schmerzen, was unserer Katze hilfsbereites Herz rührte. Bubulina redete beruhigend auf sie ein, während sie den Stein wegrollte. Doch sie wurde für ihre gute Tat böse belohnt. Zischen, die Schlange biß Bubulina in die rechte Vorderpfote und verschwand zuckend. Über soviel Undank war die Katze sprachlos. Aber sie durfte keine Zeit vergeuden, wenn sie nicht sterben wollte! Bubulina setzte sich auf ihr Hinterteil, saugte an ihrer Vorderhand und spuckte aus und saugte und spuckte aus und saugte und spuckte aus. So kam das Gift aus der Wunde, und schließlich blieb nur die Verletzung selbst, die zwar schmerzhaft aber klein war. Humpelnd begab sich Bubulina zu ihrem Freund Kecki.

So eine gemeine Schlange! Wenn Bubulina ihr doch nur nicht geholfen hätte! Ricarda entrüstete sich sehr.

Hauptsache, sie wird wieder gesund, warf Andreas ein.

Das ist wahr... Mama, wirst du mitsingen?

Und als Bettina nickte:

Dann noch das Lied von *Fantasia*...

XVIII

Berlin brauchte noch immer jede bauende Hand, hatte Andreas gelesen, jetzt für den entstehenden Palast der Republik.

Andreas war sehr groß geworden, überragte die Mutter um Kopfeslänge, sein Körper dünn mit stark sich ausprägenden Gliedmaßen. Gerade verließ er das alte Schulgebäude, Matthias und Robert hinter ihm, sie setzten sich in *Jacobs Eiscafé* an der Ecke, sie redeten. Andreas' Gedanken schweiften ab, Susanne. Die Kumpels waren nett, aber er langweilte sich ein bißchen. Bald verabschiedete er sich und radelte fort. Susanne! Ihre Augen, ihr Mund, und wie sie duftete! Hatte sie ihn angesehen? Andreas trat in die Pedale, daß das alte Fahrrad ächzte.

Morgen würde er sie endlich fragen, morgen.

Stunde um Stunde zwang er seinen Drahtesel über bröckelnde Straßen, den hellen Blick in der Ferne, die Schutzengel auf Wacht.

Erst, als die müde funzelnden Gaslaternen angingen, fuhr Andreas nach Hause.

Die Mutter war nicht da, Christian-Bruder saß mit einer Schüssel Haferflocken, die er abwesend in sich hineinlöffelte, während seine ganze Aufmerksamkeit von *Anatolij Rybakow* in Anspruch ge-

nommen wurde, am Küchentisch.
Verdirbst dir die Augen, Alter!
Christian grinste ihn an.
Weiß schon, sagte er und las weiter.
Andreas nahm Brot aus dem Kasten, stellte Käse und Butter hin und setzte sich.
Wo is'n Mutter?
Der Andere klappte das Buch zu.
Bei Tante Irene und Onkel Bernhard, lautete die Antwort.
Hmm. Der Bissen war groß gewesen und schmeckte sichtlich.
Und wie läuft's bei dir in der Schule?
Christian konnte vor dem Älteren nichts verbergen.
Naja... Im Diktat hab' ich 'ne 4...
Mensch, Chrisso, ich verstehe das nicht! Andreas hörte auf zu kauen und sah dem Bruder ins Gesicht. Wo hat er nur diese Augen, diese dunklen Augen her? dachte er plötzlich. Laut sagte er:
Du liest doch soviel, warum kriegst du denn die Diktate nicht hin?
Sind ja nicht nur die Diktate, flüsterte der Jüngere.
Andreas ließ sich berichten. Wirklich nicht ermutigend. Alles, was sie letzte Woche geübt hatten, war daneben gegangen, Deutsch, Mathematik, Russisch.

Für den Großen war das ein Rätsel, immer glaubte er, Christian habe begriffen. Eine bessere Zensur als 3 hatte es trotzdem noch nie gegeben.
Als die Mutter nach Hause kam, fand sie ihre Söhne in der Küche. Der Kleine lehnte bleichen Gesichts an der Spüle, Andreas saß am Tisch und ließ sich ein Käsebrot schmecken.
Warum ist er nur so blaß, dachte sie besorgt und nahm Christian in den Arm. Er machte sich los, ging müde hinaus.

XIX

Max hielt ihn im Gang auf.
Hast du heute abend Zeit?
Heute? Heute ist Donnerstag..., Andreas überlegte kurz, ja. Du wolltest mehr über Hedda Zinner hören. Bist du mit dem Buch schon fertig?
Ach, das hatte ich in zwei Tagen durch, Max machte eine wegwischende Handbewegung. Nein, nicht wegen ihr, deinetwegen. Sein wacher Blick aus kleinen Augen ruhte auf Andreas. Du hast dich verändert...
Sein Gegenüber lächelte, und in seinem Gesicht tanzte der Schalk:

Zum Guten oder zum Schlechten?

Max lächelte nicht und antwortete nicht und sah ihn nur aufmerksam an.

Der Kobold verschwand.

Halb Acht bei mir?

Bis dahin, ich freu' mich...

Sie trennten sich. Andreas hatte keinen Namen für die Woge in seinem Innern.

Am Abend schlug er einen Spaziergang an der Elbe vor. Max glaubte, sich zu verhören. Er konnte sich nicht erinnern, irgendwann einfach mit ihm gelaufen zu sein. Froh schritt er an der Seite des Freundes aus.

Seit Bettinas Besuch war Andreas hier immer und immer wieder gegangen, und wenn niemand in der Nähe war, hatte er laut mit den Bäumen geredet. Das würde nie jemand erfahren, auch Max nicht.

Ich muß oft an meinen Bruder Christian denken, sagte er unvermittelt.

Diesmal war Max sicher, sich verhört zu haben.

An **wen** mußt du denken?

An meinen Bruder. Er wäre jetzt 33...

Andreas, wie lange kennen wir uns schon? Acht Jahre? Neun? Und noch nie, noch nie hast du mir erzählt, daß du einen Bruder hast!!

Hatte. Ich hatte einen Bruder.

Sie waren stehengeblieben.

Es stimmte, er hatte über Christian nicht gesprochen, selbst Bettina kannte nur die wichtigsten Daten. Er war nicht in der Lage gewesen, über Christian zu sprechen.

Laß uns weitergehen, sagte er.

Es wurde ein ausgedehnter Spaziergang, und nur wenige Male unterbrach Max den Freund mit einer Frage.

Als sie heimkamen, fühlte sich Andreas erschöpft wie nach kilometerlangem Dauerlauf. In den Mundwinkeln zuckte es. Er riß sich zusammen, er lud Max zu einem Glas Rotwein ein.

In den Gläsern funkelte es, sie stießen wortlos an.

Max hatte einen Andreas kennengelernt, der ihm bis jetzt völlig verborgen gewesen war. Er betrachtete ihn zärtlich.

Andreas griff nach einer Zigarette und inhalierte gierig. Auf dem gesamten Weg hatte er nicht geraucht.

XX

Christian-Bruder sagte nichts. Saß nur da und sah

ihn an mit dunklen, fiebrigen Augen und sagte nichts. Auf den Schultern des Älteren lag die Last, gelassen zu bleiben.

Ich rufe morgen früh in der Schule an, und dann gehen wir zusammen zum Arzt. Jetzt muß ich dir halt 'ne Tablette verabreichen, damit du schlafen kannst, o.k? Abends ist Mutter ja wieder da, und dann haste gleich zweie, die dich pflegen können...

Christian kicherte.

Oh ja, den ganzen Tag im Bett liegen und lesen, das ist ein Leben!

Aber ständig kommt dein überängstlicher Bruder und will Fieber und Puls messen, und davon bist du so genervt, daß du aus Protest gleich wieder gesund wirst...

Jetzt lachte der Jüngere.

Am nächsten Morgen fuhren sie gemeinsam in die Poliklinik. Bereits nach den ersten Untersuchungen breitete sich rund um Christian eine unterdrückte Hast aus, die die Brüder jedoch nicht wahrnahmen. Sie wurden zu speziellen Tests in die Medizinische Akademie überwiesen. Christians Schritt verlangsamte sich, der Atem schwerer. Im Krankenhaus angekommen, wurde Andreas ohne weitere Erklärung nach Hause geschickt, Schlafanzug und Wasch-

sachen für seinen Bruder zu holen.
Er war noch nie so schnell gewesen. Bei seiner Rückkehr fand Andreas Christian in einem Zimmer mit vier Betten, bleich und still und allein lag er da.
Was haben die Ärzte denn gesagt, was dir fehlt?
Andreas bemühte sich um einen munteren Ton.
Die fast schwarzen Augen glühten in dem blassen Gesicht: Nichts haben sie gesagt, gar nichts... Ein winziger Vogelkopf sah aus steifweißem Bettzeug.
Das war nicht zum Aushalten. Andreas lief hinaus.
Ich will wissen, was Sie herausgefunden haben!
Die Frau in knisterndem Weiß sprach mit einer Spur Herablassung in der Stimme.
Wir können nichts Genaues feststellen, Herr Herwig, solange die Befunde nicht da sind. Und bevor Ihre Mutter nicht eingetroffen ist, sind wir nicht berechtigt... Gern hätte er sie geschüttelt, doch sie war schon weitergegangen.
Andreas zwang sich zu einem zuversichtlichen Lächeln, als er den Raum seines Bruders wieder betrat.
Die Mutter erschien mit angstgeweiteten Augen. Sie erfuhr den Namen der Krankheit, was sie zwang, sich an eine überstürzte Fahrt ins Brandenburgische zu erinnern. In wilder, blinder Hoffnung übersah

sie Christians Vogelhaftigkeit. In den Stunden am Bett des Liebsten, das sie hatten, entstand zum ersten Mal eine wirkliche Verbindung zwischen der Mutter und Andreas, sie sahen den eigenen Schmerz im Blick des Anderen, sie sprachen nicht.
Binnen weniger Tage war Christian nicht mehr fähig aufzustehen.
Sein Gesicht wurde bleicher, die schwarzen Knöpfe sprangen fast heraus, eine Woche später starb ein kleiner magerer Vogel in kaltweißen Kissen.

XXI

Sie sprachen wenig, der rote Wein rann fruchtig und schwer über ihre Zungen.
Max beobachtete den müden Freund gegenüber, und in den wachen Augen stand, was jemand, der es hätte bezeichnen wollen, Liebe genannt hätte. Aber da war keiner, der Worte brauchte, es saßen zwei Männer in einer Dienstwohnung nicht ohne Gemütlichkeit, und sie verlangten nach nichts anderem als ihrer stillen Gegenwart.
Das Klingeln des Telefons schnitt durch den Raum.
Andreas erhob sich.
Ein Gewitter entlud sich durch die Leitung, Max

begriff das, ohne Genaues zu verstehen.

Tine, sagte Andreas ohne Stimme, der Hörer sank herab.

Unser Hochzeitstag...

Er fiel in seinen Sessel.

Ich hab' ihn vergessen, erklärte er überflüssigerweise.

Und das ist so schlimm, daß sie dich anschreien muß? wunderte sich der Ältere.

Die kräftige Gestalt des Anderen war plötzlich kaum noch zu sehen in dem breiten Sitzmöbel.

Das Pflänzchen war klein und zart, Andreas fürchtete um sein Überleben. Der junge Schößling brauchte behutsame Pflege, und es war doch nur ein Jahrestag, mein Gott...!

Eine Bewegung der Hand. Dann die Bitte:

Max, ich will jetzt allein sein...

Bist du sicher? Prüfender Blick, ehe er aufstand.

Wenn wir verletzt werden, bleibt kaum etwas in seinem normalen Maß... Ich wünsch' dir Geduld, Geduld mit Bettina und vor allem mit dir selbst...

Danke, Max, sagte er schnell, was sonst sollte er sagen, danke, Max.

Und nach einer etwas verlegenen Pause:

Ich habe nicht gewußt...

Der Freund unterbrach ihn, indem er auf ihn zutrat und ihn mit fester Bewegung umarmte und es war, als würde ein Bund besiegelt, über den keiner sprach oder je sprechen würde.
Als Max gegangen war, setzte sich Andreas wieder auf seinen Platz, er zündete jede Zigarette am Rest der vorherigen an, die Rotweinflasche war bald leer.
Schwere Glieder brachten ihn zu seinem Bett, er fiel in traumgetränkten Schlaf.

XXII

Er hörte auf zu sein.
Er war eine große Erscheinung, niemand bemerkte ihn.
Er wurde noch stiller und ernster, keiner nahm es wahr.
Der Vater kehrte zurück, Andreas kannte ihn nicht. Die Eltern verbrachten ihre Zeit mit dem Betrachten alter Fotos. Wahrscheinlich bedauerten sie, daß nur eine Ecke zum Altar für ihr verlorenes Kind werden konnte. Auf Christians Regal brannte immer ein Teelicht, und oft, wenn Andreas sein Zimmer betrat, fand er die Mutter weinend vor des

Bruders Bett.
Er bekam Atemnot.
Kurz vor Ende des 11. Schuljahrs zog er aus.
Seine Klassenkameraden behandelten ihn mit Behutsamkeit, sie sorgten dafür, daß er in den Pausen nicht allein war. Viele der Lehrer ließen ihn nachsichtig in Ruhe.
Susanne fragte ihn eines Tages, ob er Hilfe brauche. Andreas schüttelte den Kopf, er wollte stattdessen wissen, ob er sie ins Kino einladen dürfe. Sie ging mit ihm ins Kino und in die Stadt und in *Jacobs Eiscafé* und an den Fluß. Susannes Eltern, beide Ärzte, besaßen eine Villa am Hang, sie hatten nichts dagegen, daß Andreas im zweiten Zimmer der Tochter wohnte. Im übrigen waren sie selten zu Hause.
Zwar wurde es ihm nicht leicht, sich in dem prächtigen Anwesen einzuleben, aber alles war besser, als neben seinen Eltern und dem Christian-Altar nicht mehr zu existieren.
Susanne erleichterte ihm die Eingewöhnung, indem sie ihm bisher verschlossene Türen öffnete. Häufig überredete sie ihn morgens, nicht in die Schule zu gehen, und es bedurfte dazu keiner raffinierten Künste. Sie wußte ihn so zu berühren, daß seine

Haut unter ihren Fingern loderte, seine Lenden stöhnten auf, und wenn er sich entlud, dann klang sein Schrei nach dem Klagen eines großen Tieres.

Im Sommer verbrachten sie ihre Ferien in Bulgarien. Weit weg und Susanne an seiner Seite, er konnte sich größeres Glück nicht denken. Sie erklommen den Musala, den höchsten Berg des Landes. Auf dem Gipfel geriet Susanne mit polnischen Wanderern in ein Gespräch, alle waren traurig über den dichten Nebel, der keine Aussicht zuließ. Andreas saß abseits auf einem Stein, kein Laut drang herüber. Die hellen Augen weiteten sich, an einer Stelle riß der Dunst auf, gewährte kurzen Blick auf den metallenen See unten, dann auf gegenüberliegende Höhenzüge, dann auf die groben Hütten, dann... Andreas folgte dem Spiel der dichten Luft, er verpaßte keine Offenbarung. Der Berg, der Nebel, er selbst, das war die ganze Welt, das war das ganze Leben...

XXIII

Schlaf bitte bei Rikki!

Vier Worte und schon eine Etage tiefer.

Tine, warte! Du kannst doch jetzt nicht einfach

verschwinden!

Andreas fiel die Tasche aus der Hand, er stürmte ihr nach. Bettina erwiderte nichts, Bettina blieb nicht stehen, sie eilte fort, nur fort.

Er kehrte um.

In der Wohnungstür erschien Ricarda, schweigend, großen Auges.

Andreas nahm zwei Stufen auf einmal, er hob sein Kind an die Brust und hielt es fest. Ein verlassenes Vögelchen hatte auf der Schwelle gestanden.

Auf dem Weg in die Küche wiegte er sie hin und her und summte das Lied von der *Heideprinzessin*.

Wann kommt Mama wieder? Eine klägliche Frage und Angst vor der Antwort.

Morgen, mein Schatz, morgen ist sie wieder da...

Er versuchte, nicht nur den piepsenden Vogel zu beruhigen, sondern auch sich selbst. Die Aufforderung, im Kinderzimmer zu nächtigen, hieß, daß sie nicht mit ihm reden wollte, noch nicht einmal das. So hatte sie ihn noch nie zurückgestoßen.

Aber ja nicht nur ihn! Sie hatten sich geschworen, ihre Tochter herauszuhalten, und nun das! Er zerkaute Wut zwischen den Zähnen. Um sich abzulenken, konzentrierte er sich auf die einfachen Tätigkeiten, die es zu verrichten galt: Er kochte Rikkis

Lieblingsgericht Spaghetti, rührte Tomatensoße an, deckte den Tisch, und das Kind folgte ihm auf jedem Schritt.

Andreas bereitete eine Portion für sie, geriebener Käse darüber, Ricarda zog den Teller zu sich heran.

Lecker! rief sie in Vorfreude auf das Essen, und eine kleine Hand legte sich auf seine.

Er beugte sich zu ihr und küßte sie auf das märchenhelle Haar. In diesem Moment war nichts zwischen ihnen, noch nicht einmal ein Staubkorn, Vater und Tochter zusammen im selben Nest der Lindenkrone.

Die Prozedur des Waschens dauerte diesmal besonders lang, es kam Andreas nicht in den Sinn, Rikkis Spiele zu unterbrechen. Endlich aber trug er sie ins Kinderzimmer, wo sie sich aus seinen Armen löste, in ihr Bett sprang, ganz an den Rand rückte und sich zusammenfaltete wie eine Gemse in froher Erwartung, daß Andreas gleich folgen werde.

XXIV

Er legte die Arme um sein Gemsenkind und begann zu erzählen.

Kecki hatte schlecht geträumt, davon erwachte er.

Und erschrak, als er Bubulina nicht neben sich fand. Er sprang auf. Aber wo hätte er sie suchen sollen im finsteren stillen Methana, er, der noch dazu bei Nacht kaum etwas sah? Verzweifelt bemühte er sich, das Dunkel zu durchdringen. Plötzlich entdeckte er zwei grüne Lichter, die sich bewegten, und da erkannte er auch seine Freundin.

Bubulina, Bubulina!... Aber du humpelst ja! Bist du verletzt?

Sie ließ sich auf die Hinterpfoten nieder, ihre Augen leuchteten Kecki an. Sie war erleichtert, wieder bei ihm zu sein.

Dann berichtete sie ihr Erlebnis in allen Einzelheiten.

Kecki hüpfte von einem Bein auf's andere, weil eine dicke Wut in seinem Bauch herumboxte.

So eine Gemeinheit! So eine fiese Schlange! Wenn ich die in meine Krallen kriege...! Er warf drohend beide Tatzen in die Luft.

Bubulina lachte, ihr Bär konnte machen, was er wollte, er wirkte immer harmlos.

Laß gut sein, Kecki. Ich muß mich jetzt ausruhen, kommst du zu mir?

Aneinandergelehnt schliefen sie bald ein.

Kecki und Bubulina gönnten sich ein paar Tage

Rast, die Wunde verheilte schnell. Unser Bär verwöhnte seine Freundin, er brachte ihr Mahlzeiten, und er organisierte sogar ein Buch, das er ihr vorlas. An einem heißen Nachmittag, die Katze döste, wurde Kecki von einem kaum hörbaren Stimmchen gerufen.

He, du, hallo... hallo!

Er folgte dem Klang und - zuckte zurück. Vor einer Schlange.

Wer bist du? fragte er lauernd und aus sicherer Entfernung.

Das muß ich dir nicht erklären, du weißt es...

Du hinterhältiges Biest...!

Er tat einen großen Schritt auf sie zu.

Gib dir keine Mühe, unterbrach ihn die Schlange, ich lebe auch ohne deine Mithilfe... nur noch... kurze Zeit... Ich wollte... dir sagen, daß es..., sie rang nach Luft,... ein Versehen... ich... war... blind... vor Schmerz. Die Pausen wurden immer länger, das Sprechen fiel ihr schwer. Deine Freundin... war... lieb... ich konnte... nicht...

Der winzige Schlangenkopf sank zur Seite, sie war tot.

Kecki stand ganz still. Sie war keine falsche Schlange gewesen, sie hatte den weiten Weg unter Qualen zurückgelegt, um sich zu erklären und zu entschuldigen!

Er wischte eine Träne aus dem Auge, dann weckte er Bubulina.

Gemeinsam begruben sie das Tier und steckten eine Ölbaumwurzel an dieser Stelle in die Erde. Zur Erinnerung.

Ricarda setzte sich auf.

Das hätte ich nicht gedacht, daß sie doch nicht böse war!

Sie dachte nach, sagte aber weiter nichts.

Dann wünschte sie sich das Lied von der *Katze, die bellt.* Vater und Tochter sangen gemeinsam, und als es zu Ende war, fingen sie noch einmal von vorn an.

XXV

Er feierte seinen 18. Geburtstag am 30. April 1979.

Er feierte ihn an einem Ort, der ihm fremd geblieben war.

Die vielen Monate, die er inzwischen die Gastfreundschaft von Susanne und ihren Eltern genoß, hatten ihn nicht heimisch werden lassen. Andreas bewegte sich unsicher durch den riesigen Garten,

das luxuriöse Haus. Er fühlte sich unbehaglich, dieser Reichtum stand ihm nicht zu...
Aber das war es nicht allein. Auch bei Susanne fühlte er sich am falschen Ort. Andreas hing wie ein Vogel an goldener Kette, die Flügel gestutzt und zuviel Erde unter den Krallen. Immer, wenn sie sich geliebt hatten, glaubte er, sich zu irren, und er zog die eigene Empfindung in Zweifel.
Sein Geburtstag! Es war ein ungewöhnlich heißer Tag, mit Susanne hatte er auf der Terrasse den Grill aufgebaut, dazu Mengen belegter Brötchen, Schüsseln mit Salaten. Er verabscheute die unangemessene Fülle, Brot und ein Topf Fett hätten ihm entsprochen, unter Susannes Dach nicht denkbar. Noch schnell ein pflichtschuldiger Kuß, dann eilte Andreas zur Tür, um die ersten Gäste zu begrüßen.
Matthias kam mit Antje, hinter ihnen Robert und Tom. Er empfing sie herzlich, ihm war, als hätte er sie seit Ewigkeiten nicht mehr gesehen.
Terrasse und Haus füllten sich langsam, Andreas wollte ein aufmerksamer Gastgeber sein, er gesellte sich mal zu dieser Gruppe, mal zu jener. Einige begannen zu tanzen, viele tranken stumm, manche lachten sehr laut.
Er zog sich ans stille Ostende des Gartens zurück

und betrachtete das Treiben, das sein Geburtstag hieß. Es war nicht richtig, das falsche Fest, hier feierte ein Anderer.

Andreas wandte sich ab, er floh in den hintersten Winkel unter die hohen Buchen, lehnte sich an einen der Stämme, er atmete tief. Mit beiden Händen hielt er sich an der rissigen Rinde fest und schloß die Augen. Hinter seinen Lidern erstand ein anderes Bild, Linden im Rund und sein Blick himmelan.

Gefällt dir deine Party nicht?

Eine unbekannte melodische Stimme.

Er sah sie an, antwortete aber nicht auf ihre Frage.

Wer bist du?

Ich heiße Irene, sagte sie in einem Ton, als erklärte das alles.

Mir geht's bei den Linden am besten, Linden sind meine Freunde, aber die gibt's hier nicht, fuhr sie fort.

Andreas' Herzschlag setzte so lange aus, daß er sich bereitmachte zu sterben. Die weit auseinanderstehenden Augen blitzten und wandten sich nicht von Irene ab.

Ein schöner Tod, dachte er. Und lebte erstaunlicherweise immer noch.

Irene trat näher. Mit der rechten Hand stützte sie sich neben seiner Schulter am Baum ab, hob sich auf die Zehenspitzen und küßte Andreas auf den Mund. Das Grün unter halb geschlossenen Lidern funkelte. Am schrundigen Stamm hinab glitten sie ins Gras.

XXVI

Ricarda war eingeschlafen, Andreas verließ leise das Zimmer.

Wie oft schon hatte er sich mit Wodkaglas und Zigarette auf dem winzigen Balkon wiedergefunden? Andreas sah in den sommerlichen Abendhimmel, er inhalierte tief den scharfen Rauch der blauen Gauloise. Die erhoffte Beruhigung blieb aus, es würgte ihn. Die linke Hand vor den Mund gepreßt, rannte er ins Bad.

Er kniete vor dem Toilettenbecken, es floß aus Mund und Nase, er spuckte, und dann kam nur noch grüner Schleim, und trotzdem hörte es nicht auf.

Endlich ließ der Reiz nach, er betätigte die Spülung. Unter kaltem Wasser erfrischte er sein Gesicht, als ihm sein Spiegelbild begegnete, erstarrte er. Ein erschöpftes Antlitz, dunkle Schatten unter den normalerweise hellen, beweglichen Augen, die sich vertiefende steile Falte oberhalb der Nasenwurzel, aschene Haut. Die geschwungenen Lippen, die sich sonst gern und oft zu einem Lachen öffneten, zitterten. Bleigewichte hingen an seinem Hals.

Tränen stiegen in das müde Blaugrau.

Was bin ich bloß für eine Memme, daß ich nur noch heulen kann, dachte er angewidert. Das hielt den Strom nicht auf. Wie vorher dem Brechen war er jetzt dem Weinen ausgeliefert.

Der Schlüssel leise im Schloß, Bettina betrat die Wohnung. Nach wenigen Schritten vernahm sie Schluchzen, beunruhigt öffnete sie die Badtür. Andreas' Anblick erschütterte sie.

Bettina geleitete ihren Mann hinüber in die Wohnstube zur Couch, sie brachte ihm ein Glas Wasser und Taschentücher.

Es tut mir leid, begann sie, das wollte ich nicht. Ich war nur so wütend, weil...

Andreas fiel ihr ins Wort.

Es ist nicht deinetwegen. Und dann:

Bitte setz' dich. Rotverquollene Augen inmitten durchlässiger Haut. Er streckte die rechte Hand aus, die Innenseite zeigte nach oben. Bettina ergriff sie, wie sie sie schon einmal am Fluß ergriffen hatte.

Mir tut es leid, daß du mich so vorfindest!...

Hör' auf, sag das nicht. Bettinas sonst strenges Gesicht weichkonturig an seiner Seite.

Im Gegenteil, ich bin froh, daß du weinen kannst. Es hilft, wenn es fließt.

Erzählst du mir, warum, wenn es nicht meinetwegen war?

Die Wangen naß, Andreas redete. Er ließ die Worte herausfallen, ohne nachzudenken. Nur dieses Netz spürte er, ein Netz geknüpft aus vorsichtiger Nähe. Max war der erste gewesen, der ihm einen festen Knoten in die Hand gegeben hatte.

Je länger er sprach, desto deutlicher erfüllte ihn Gewißheit. Es war richtig, sich Bettina Herwig, der Mutter seiner Tochter Ricarda, anzuvertrauen. Bisher hatte er es nicht getan. In all den Jahren nicht getan.

Vögel erhoben schon ihre Morgenstimmen, als Bettina und Andreas sich hinlegten. Wieder schmiegten sie sich nur vorsichtig aneinander, um die hauchdünne Glashaut des Anderen nicht zu verletzen.

XXVII

Max erschrak bei seinem Anblick.

Sag nichts, Andreas kam ihm zuvor, ich muß einfach nur mal wieder schlafen.

Der Freund verschluckte die Frage, die auf seiner Zunge lag, und machte an ihrer Statt einen Vorschlag.

Komm doch heute abend zum Essen zu uns! Renate wird sich freuen, dich verwöhnen zu können. Und ich bring dich rechtzeitig nach Hause, damit du genug Schlaf kriegst...

Wachsame kleine Augen. Fest und sicher die Brükke.

Andreas schüttelte bedauernd den Kopf.

Klingt wirklich verlockend, aber ich brauche erstmal Zeit für mich... Ich komme bestimmt bald auf dein Angebot zurück! Und viele Grüße an Renate!

Eine große, kräftiggliedrige Gestalt verließ etwas müden, jedoch nicht unentschlossenen Schrittes das Funkhaus. Max sah ihm nach. Er hat abgenommen, stellte er fest. Steht ihm gut...

Andreas streckte sein Gesicht der frühherbstlichen Sonne entgegen. Für den Rest des Tages hatte er frei. Es wäre naheliegend gewesen, gleich wieder zu Tine und Rikki zu fahren, aber das ging nicht.

Erst mußte er ruhiger werden, ausatmen, sich sammeln.
Schon wieder trübte sich der Blick, das helle Graublau in salzige Wasser getaucht. Andreas senkte den Kopf und blieb stehen. Verdammt noch mal, ich kann doch nicht dauernd heulen!
Es zog ihn zum Fluß, der folgte stetig und mit Würde seiner Bahn. Die ersten Blätter tanzten darüber, an den Hängen färbte sich's schon.
Meine alte Elbe, dachte Andreas, wie oft habe ich schon bei dir gesessen! Und mit dir geredet, als hättest du antworten können...
Direkt am Ufer hockte er sich auf einen Stein. Bilder flossen vorbei, Großvater Gustav, Christian-Bruder, Susanne, das Mädchen Irene, an das er bis jetzt nicht mehr gedacht hatte, drei Jahre Kriechen im Mecklenburgischen Sand, die alten Universitätsmauern in Berlin... Und schon wieder nasse Spuren auf seinen Wangen, die sich nicht wegwischen ließen, weil die Quelle nicht versiegte. Als wäre ein Gefäß geöffnet worden, das sich nicht schließen könnte, bevor es nicht leer wäre.
Sie hatte ihm geantwortet, die alte Elbe, das wußte er jetzt.
Es ist gut, wenn es herausfließt, hatte Tine gesagt.

Andreas rührte sich nicht, der Strom unbeirrt zu seinen Füßen.

XXVIII

Hätte er sagen sollen, mit wievielen Frauen er während des Studiums zusammen gewesen war, er hätte sich außerstande dazu gesehen.
Nach drei Jahren Armee, dem Preis, den ihn Germanistik an der Humboldt-Universität in Berlin, Hauptstadt der DDR, gekostet hatte, machte ihn die lang herbeigezählte Freiheit trunken. Unbegreiflich viel Zeit lag vor ihm und Entscheidungen an jedem Tag, die nur von ihm selbst abhingen. Er konnte fleißig sein oder das Gegenteil, er konnte hingehen oder seine Tage in der Mensa zubringen, mit etwas Konspiration ließen sich selbst die Marxismus-Leninismus-Vorlesungen mit Anwesenheitsliste umgehen... Schnell verbreitete sich sein Ruf eines bezwingenden Charmeurs und eines, trotz häufigen Fehlens, sehr fähigen Studenten. Vom zweiten Semester an erhielt er Leistungsstipendium und besetzte Zimmer und Küche in einer geteilten Wohnung, das Klo halbe Treppe, mitten in Berlin-Mitte.

Er war jung.
Nach seinem ersten Mauertraum brach die große Freiheit in sich zusammen. Christian-Bruder und er hatten schwimmend Westberlin erreicht, alle Anderen der Gruppe starben durch Schüsse. Eine Frau empfing sie, besorgte Unterkunft und Geld, sie waren froh. Bis zu dem Augenblick, da es Christian klar wurde, daß die Mutter im Osten geblieben war und sie sie wahrscheinlich nicht wiedersehen würden. Andreas konnte ihn nicht aufhalten, der Jüngere schwamm zurück. Und wurde von NVA-Grenzern erschossen, weil sie die Richtung verkannten, in die er wollte.
Sein ganzer Körper war schweißverklebt, als er aufwachte.
Von nun an stürzte sich Andreas umso mehr in ständige Abenteuer, in jedem neuen Mädchen fand er ein kurzes unbekanntes Glück.
Eine der Frauen, deren Namen er längst vergessen hatte, nahm ihn in die Studentengemeinde der Elisabethkirche, die vor seiner Haustür lag, mit. Gäste aus Mainz waren gekommen, gemeinsam sangen sie, diskutierten und beteten. Am Abend begleiteten alle die Besucher zur Grenze, die Quartiere befanden sich in Westberlin. Nachdem der letzte der

Mainzer verschwunden war, stand Andreas mit einem Mühlstein im Bauch da. Die Frau, deren Namen er nicht mehr erinnerte, und er liebten sich in jener Nacht auf dem Matratzenlager in seinem Zimmer wild und hemmungslos, um ihr Gefühl, das Leben finde an anderen Orten und ohne sie statt, niederzuringen.

XXIX

Wenige Tage später leistete er der Einladung des Freundes Folge.

Max wohnte mit seiner Frau Renate in einem sechsstöckigen Reihenhaus der 50er Jahre, und sie lebten schon sehr lange dort. Sie waren wie Felsen im Wasser, beständig und von heiterem Frieden. Wenn der Winter nahte, mußte Max in den Keller steigen und Kohlen heraufholen. Renate bereitete unterdessen den Ofen vor, mit glücklichen Gesichtern saßen sie später auf der kleinen Bank, den Rücken an heißen Kacheln reibend. Andreas hatte sie im Verdacht, jedes Jahr nach der Wende, in dem sie um einen Heizungseinbau herumgekommen waren, als heimlichen Sieg zu verbuchen.

Renate deckte gerade den Tisch, als die beiden

Männer eintraten, sie unterbrach sich sofort und eilte dem Gast entgegen. Sie war klein und rund und fest und trug wie Max kurzgeschnittenes graues Haar. Mit Wärme ergriff sie Andreas' beide Hände zum Willkommen, ehe sie sich ihrem Mann zuwendete und ihn auf den Mund küßte.

Renate hatte ihre Aufgabe wirklich ernst genommen, Andreas konnte sich nicht erinnern, schon einmal so gut gegessen zu haben. Sie freute sich über die zufriedenen Männer und strich das überschwengliche Lob gerne ein.

Max übernahm selbstverständlich das Abwaschen, wies aber die Hilfe des Freundes zurück. So blieb Zeit für eine Zigarette auf dem Balkon, Renate leistete ihm Gesellschaft. Beide Gastgeber rauchten nicht, und doch wäre es ihnen nie in den Sinn gekommen, Andreas allein hinauszuschicken.

Du bist schmaler geworden, eröffnete Renate das Gespräch unter vier Augen, und mitgenommen siehst du aus.

Andreas lachte.

Dir konnte ich noch nie etwas vormachen, wahrscheinlich war ich deshalb solange nicht da!

Wie lange war es her, daß er laut gelacht hatte?

Hat Max dir denn nichts erzählt? wollte er wissen.

Nein, natürlich nicht. Was Ihr miteinander besprecht, geht mich doch nichts an. Er hat nur erwähnt, daß du dich verändert hast. Willst du reden?
Sei mir nicht böse, Renate, aber heute will ich über nichts, aber auch gar nichts nachdenken.
Sie strich ihm verstehend über den Arm.
Andreas drückte die Zigarette aus und fragte munter:
Wie wäre es mit einem Spiel?
Du läßt mich immer gewinnen, und schon bin ich dabei, antwortete Renate mit Schelmenaugen. Beide lachten, als sie ins Zimmer zurückgingen.

XXX

Sie hatten sich auf *Wizard* geeinigt und waren bald ins leidenschaftliche Schätzen und Kartenlegen vertieft. Das Spiel endete mit einem deutlichen Sieg des Gastes. Renate und Max kannten seinen dringendsten Wunsch, alle Drei gesellten sich auf dem Balkon zueinander, Andreas den Rauch tief in die Lungen ziehend.
Es war nicht viel Zeit vergangen, seit Max Zeuge geworden war, wie sehr Andreas die Erinnerung an die Schriftstellerin Hedda Zinner aufgewühlt hatte.

Inzwischen ahnte er auch, warum. Sie war ihm einmal Vorbild gewesen, sie hatte einen hohen Anspruch an sich selbst in ihm geweckt. Im Lauf der Jahre war ihm der abhanden gekommen, vor allem im Privaten, soweit Max das zu beurteilen vermochte. Und nun? Andreas hatte sich verändert.
Welchen Anlaß gab es eigentlich für deine Reportage über Hedda Zinner? fragte Max jetzt in einem Ton, als müßte jeder die Zwangsläufigkeit der Frage sofort erkennen.
Andreas wunderte sich nicht einmal, er hatte sich an die Spiegel, die der Freund ihm vor Augen hielt, gewöhnt. Und im Gegensatz zu jenem Gespräch im Studio, konnte er nun wirklich über sie erzählen. Die Scham, die ihn damals zum Schweigen gebracht hatte, war verschwunden.
Das war ihr 80. Geburtstag, im... warte... genau, im Mai 1990. Ich hatte mich mit ihr im Fritz-Erpenbeck-Ring verabredet für einen Nachmittag und bin drei Tage geblieben. Der Kameramann war längst gegangen, da saß ich immer noch und hörte ihr zu. Ende '89 hatte sie *Selbstbefragung* herausgebracht, ein autobiographisches Buch, das 10 Jahre auf Eis liegen mußte. Es handelte von der Exilzeit in Moskau, von den tatsächlichen Vorgängen dort und

vom Augenverschließen. Sie hatte ihren Sohn John in Rußland bekommen, und auch da spielte das Nicht-sehen-Wollen eine Rolle. Hedda Zinner war schon im sechsten Monat, ohne es selbst bemerkt zu haben, als die Schwangerschaft festgestellt wurde. Hätte sie es zu einer Zeit gewußt, als es noch möglich gewesen wäre, hätte sie das Kind nicht behalten.

Es ist erstaunlich, wieviel ein Mensch zu verdrängen in der Lage ist... Andreas verstummte. Erst nach einer Pause fügte er hinzu:

Sie hat ihre Umwege und Irrtümer nicht beschönigt, sie hat mit geradezu brutaler Offenheit geredet. Und ich saß da und hörte einfach nur zu... Ich habe sie geliebt...

Das Geständnis kam ihm völlig überraschend über die Lippen. Aber es stimmte. Ja, er hatte sie verehrt, bewundert, ja, er hatte sie geliebt.

Falls Renate über diese Erklärung erstaunt war, so zeigte sie es nicht, sondern fragte nur:

Hast du denn *Glas und Spiegel* von ihr gelesen?

Klingt verdammt poetisch...

Wieso *verdammt*? Sie verstand nicht. Es ist sogar sehr poetisch, eine eigenwillige Sammlung russischer Gedichte, übersetzt von Hedda Zinner.

Renate! Andreas lächelte spitzbübisch, ich und Lyrik!
Ach, das hatte ich ja ganz vergessen! Aber bedenke doch, übertragen von Hedda Zinner... Sie sahen einander an. Schon gut, ich kapituliere... Renate setzte eine komisch resignierte Miene auf.
Weißt du, woran sie zuletzt gearbeitet hat? mischte sich Max erneut ein.
Leider nicht, gestand Andreas.
Das letzte weiß ich von John, ihrem Sohn. Er empörte sich darüber, daß er sich den Westlern gegenüber ständig rechtfertigen sollte, warum er in der DDR geblieben war, *ein Mann von Ihrem Format!*
Johnny ist dieses Jahr 60 geworden. Wer weiß, wo er jetzt lebt...
Spät trennten sie sich. Mit herzlicher Umarmung beschlossen die Freunde diesen Abend, fern zog ein Wind durch Lindenkronen, die keiner sah.

XXXI

Er beobachtete sie im Stillen. Unruhig, temperamentvoll, ein Wirbelwind in den Gassen der Redaktion. Andreas nahm einen tiefen Zug. Heike hatte

ihm verraten, Bettina Voß fände den Herwig arrogant, und im übrigen wäre es ein Mann, über den sich nicht zu sprechen lohnte. Der Reiz war groß...
Bei einer Besprechung kam sie zu spät und ließ sich widerwillig auf dem einzigen freien Stuhl, neben ihm nämlich, nieder. Ihre Ablehnung machte ihn frösteln. Diese Frau würde auf seinen Charme immer mit Kälte reagieren, sie hatte für Spiele nichts übrig, sie suchte Wahrhaftigkeit.
Andreas bekam von der Sitzung kein Wort mit, am Ende sprang er auf, um ihr Platz zu machen, für einen Moment trafen sich ihre Augen, in der dunklen Tiefe brannte etwas, das er nicht zu deuten wußte. Von nun an begann sie ihn zu interessieren, sie war eine Frau, die niemals eine Eroberung sein würde und gerade deshalb nur erobert werden konnte.
Er hatte sie viel später gefragt, warum sie schließlich doch eine Einladung akzeptierte, nach mehreren Wochen, in denen er nicht müde geworden war, ihr andere Seiten von sich als den überlegenen Charmeur zu zeigen. Ihre Antwort war einfach, sie sei neugierig geworden, was sich wirklich hinter der Fassade verberge. Nach und nach wurde Bettina von diesem Dahinter immer mehr angezogen, sie

trafen sich häufiger, und sie taten nichts anderes als zu reden. Was nicht einfach war. Kämpfte schon Andreas damit, sich im Gespräch zu öffnen, so glich Bettina einer empfindsamen Muschel, die ihr Haus bei der kleinsten unbedachten Berührung fest verschloß. Der Weg wurde lang, den sie aufeinanderzu gingen, und als sie sich endlich umarmten, als Andreas die schmale energetische Gestalt, die hart sein konnte und immer Klarheit suchte, in seinen Armen spürte, überwältigte ihn das Gefühl, angekommen zu sein.

Monate später verbrachten sie ihre erste gemeinsame Nacht. So wie sie einander in ganz kleinen Schritten kennengelernt hatten, streiften sie sich jetzt mit vorsichtigen Bewegungen die Kleider ab, jedes einzelne eine Haut, die dem Anderen nur mit größter Behutsamkeit genommen werden durfte. Bettina sah ihn nicht an, nackt vergrub sie sich an seinem schützenden Körper. Andreas bebte, als seine Hände ihre Hüften entdeckten, die ein wenig trockene Oberfläche, immer etwas spröde, niemals glatt.

Sie nahm ihn auf, ihre Muskeln schlossen sich um ihn, es war ihm, als schliefe er zum ersten Mal mit einer Frau, er zersprang mit einem Schrei in tau-

send Stücke.
Sie wußten beide, daß sie ein Kind haben würden.

XXXII

Welches Lied willst du noch?
Ricardas Augen wanderten von einem zum anderen.
Ehmmm... *Klein Kapütze mit der roten Mütze...*
Sie sangen zu dritt, Bettina grummelte in der Tiefe, aber das störte niemanden.
Ich bin gar nicht müde! behauptete Rikki, als der letzte Ton verklungen war.
Andreas ignorierte den Einwand, herzte sein Kind und ging hinaus. Bei Bettina versuchte es das Mädchen gar nicht erst, sie wußte, wer der strengere von beiden war. Bettina hielt die Tochter im Arm und küßte ihr Zuversicht auf Stirn und Mund.
Als sie die Wohnstube betrat, war der Raum von Kerzen beleuchtet, eine Flasche Bordeaux und zwei gefüllte Gläser auf dem Tisch gaben Lichtreflexe ab. Schweigend setzten sie sich nebeneinander auf die Couch, schweigend hoben sie das Kristall, ein feiner Ton blieb über ihnen hängen, schweigend lag der helle Blick im dunkelbraunen, sie tranken nicht. Und tranken dann doch, und es rann ihnen feurig

die Kehle hinab.
Erstaunlicherweise fand Bettina die Sprache zuerst.
Es ist, als wären Lasten von meinen Schultern gerollt...
Aufrecht und schmal saß sie da.
Und morgen abend, sie wurde lebhaft, Röte stieg in die sonst strengen Vogelwangen, morgen abend sagen wir Frau Beyer Bescheid, daß sie nach Rikki sieht, und wir gehen endlich wieder zusammen weg! Ins Kino, oh ja, wir waren seit Ewigkeiten nicht im Kino!
Tine, er nahm ihre flatternden Hände,
Tine, ich bin morgen nicht da, ich muß arbeiten. Die Sendung über...
Was?!
Es war ein Flüstern, ein Zischen eher noch. Sie entzog sich ihm mit hartem Ruck.
Entschuldige, Tine, ich hätte es dir längst sagen sollen, zwei Tage brauche ich noch, dann bin ich wieder frei...
Wie oft habe ich diesen verdammten Satz schon ertragen müssen! Sie wendete sich ihm zu. Und ich will es nicht mehr. Ich will endlich nicht mehr auf dich verzichten, ich will endlich nicht mehr warten müssen!

In Bettinas dunklen Augen stand der Nachhall des Schmerzes, ihre Liebe war verletzlich geworden. Sie hatten beide die Bereitschaft, sich dem Anderen darzubieten, aber die Wunden mußten erst vernarben, bevor das möglich wurde.
Andreas' kräftige Arme um ihren schlanken Leib gelegt, verharrten sie bewegungslos und stumm.

XXXIII

Ulrikes Nasenflügel blähten sich in der herbstlich kühlen Luft. Das Klima änderte sich.
Anne Zanders Berichte vom Amt klangen nicht euphorisch, aber es gab für alternative Konzepte durchaus Unterstützung. Die Existenz ihrer Modellschule war vorläufig gesichert, im nächsten Jahr würde es einen ersten Nachfolger in der Stadt geben. Stolz war Ulrike, stolz vor allem auf das Miteinander der Kinder, der behinderten und der begabten, Ausgrenzung oder Neid gab es hier nicht.
Und noch etwas hatte sich geändert, für Ulrike selbst: die Schule, die Arbeit war nicht länger das Zentrum ihres Lebens. Seit der Begegnung mit Andreas Herwig war sie auf der Suche nach Leidenschaft geblieben. Sie wußte, daß Liebe sich nicht

zwingen ließ, sie wußte, daß sie noch nicht einmal suchen durfte, sie wußte, daß sie Geduld brauchte. Inzwischen ging sie lebhaften Auges durch ihre Tage.

Im Moment zählten allein die nahenden Oktoberferien. Ulrike hatte sich eine Reise durch Polen vorgenommen. Eine Reise wie früher, mit Rucksack und Zelt und einer großen Ungewißheit. In der Volkshochschule hatte sie polnisch gelernt, das würde ihr Türen öffnen, hoffte sie.

Am ersten freien Tag gönnte sie sich zunächst eine Pause, sie streckte die Beine von sich und tat nichts. Es geschah dann, daß sie im Fernseher, den sie seit kurzem wieder besaß, Andreas entdeckte. Ulrike kniete vor der flimmernden Scheibe, um keine Einzelheit zu übersehen. Hell leuchtete sein Blick, die kräftiggliedrige Gestalt schlanker, was ihm ausgezeichnet stand. Dazu die sofort wieder vertraute, weich-sinnliche Stimme, deren Klang den ganzen Raum füllte.

Kaum war sein Gesicht vom Bildschirm verschwunden, schaltete sie das Gerät ab. Wenig später saß sie an ihrem kleinen Schreibtisch, der Stift flog über die Zeilen, sie dachte nicht nach.

XXXIV

Mehrere Seiten steckte Ulrike in einen Umschlag. Das Bedürfnis, jenem Menschen, dem sie eine ganz besondere, wenn auch nicht schmerzfreie Erfahrung verdankte, von ihren Wegen, von ihrem Fühlen zu erzählen, hatte sie geradezu überfallen. Noch am Abend brachte sie das Ergebnis zum Briefkasten. Obwohl es nieselte und empfindlich kalt war, sprang Ulrike fröhlich wie ein Kind auf dem Gehsteig hin und her, um gleich darauf hämmernden Pulses ganz still zu stehen, den Mund mit der Hand bedeckt, als wäre sie in Versuchung, in die Dunkelheit zu schreien.

Der nächste Morgen fand sie bereits wach, als draußen noch Nachtfetzen in den Bäumen hingen. Jetzt sprang Ulrike nicht mehr fröhlich, sie hatte Angst, einen Fehler gemacht zu haben. Wenn Andreas sie mißverstand, wenn es ihm unangenehm war, an Vergangenes erinnert zu werden, was dann? Was, wenn er sie verachten würde dafür, daß sie ihm geschrieben hatte?

Sie, die Langsame, Bedächtige, sollte eben nicht plötzlich in rasches Handeln verfallen, das konnte nur schiefgehen. Wie gern hätte sie nun ihren Brief zurückgeholt! Zu spät...

Ulrike frühstückte wenig, es schmeckte nicht. Um sich abzulenken, brach sie zu ihrem Vater auf. Er hatte Freunde in Polen gehabt, über Jahre auch eifrig mit ihnen korrespondiert, sie erhoffte sich Ratschläge für die Reise und vielleicht die eine oder andere Adresse.

Inzwischen war die Sonne herausgekommen, die Kühle aber blieb. An der Endhaltestelle der Straßenbahn stieg Ulrike aus und schlug die Richtung zum Fluß ein. Ehe sie bei ihrem Vater klingelte, wollte sie am Ufer verweilen.

Ein klarer Vormittag breitete sich über die weiten Elbwiesen, der gegenüberliegende Hang in kräftigem Herbstlaub, prächtige Häuser zwischen den Baumfarben. Ulrikes Blick schweifte umher, tiefe Freude wogte von der Kopfhaut zu den Fußsohlen. Da wußte sie, daß ihre Zeilen in seinen Händen lagen, daß er berührt wurde von ihnen und gewärmt. Andreas schaute auf, in seiner Nase hing ein Duft von Apfelfrische und Erde. Nach dem Lesen faltete er die Blätter sorgfältig zusammen und verstaute sie im unteren Schubfach.

Ulrike stand an der Elbe, ihre Beine wurden kalt, sie bemerkte es nicht. Sie betrachtete eine Baumgruppe, alte Linden im Rund mit wiegenden Kronen, als nickten sie einander zu. Ein Schwarm Vögel saß in ihnen und bereitete sich zum großen Flug. Sie wandte sich um und ging.

Dresden, 20.8.2002

Wiepersdorf, 21.-23.10.2002

Dresden, April 2003

Thomas Baumhekel, 折木 / Zerbrochenes Holz / Broken Wood

Thomas Böhme, Schwarze Archen. Grotesken

Thomas Böhme liest aus „Schwarze Archen" - Live-Hörbuch

Annette Degenhart, Dank dir, Poet - Holzschnitte, Radierungen

Dunkle Nacht – Radierungen von Michael Triegel zu einem Text von Juan de la Cruz, übersetzt von Viktor Kalinke

Tomaš Escher, Linie 72 - Gedichte

Anna H. Frauendorf, anKIRYLna. ein kammerspiel in blei, silber und schwarz - Gedichte und Zeichnungen

Ingo Garschke, Zeichnungen und Plastiken zur Morphologie

Michael Goller & Mike Wassermann, Labyrationen

Gintaras Grajauskas, Knochenflöte. Gedichte, litauisch - deutsch

Große Hymne an die Erde. 63 Verse des Atharvaveda, mit Illustrationen von Christiane Franke

Die „Große Hymne an die Erde" als Hörbuch

Viktor Kalinke

Asche. Die Antworten des Tronje Wagenbrant. Roman

Studien zu Laozi · Daodejing, Bd. 1: Text und Übersetzung / Zeichenlexikon, Bd. 2: Anmerkungen und Kommentare

Indianer im karierten Hemd, Gedichte

Mondtrunken, Tief gehängtes Licht, Sesam und Peperoni

Herbst auf Sumatra. Ein poetischer Dialog mit Miloš Crnjanski. Holzschnitte von Inka Grebner

V. Kalinke & M. Quitz (Hg.), Erst die Linke, dann die Rechte - Anthologie mit Beiträgen von Thomas Kunst, Undine Materni, Mariam Abdel Al, Thomas Winter, Steffen Balmer, Oliver Kossack, Gabriele Francik, Michael Touma u.a.

Viktor Kalinke & Britta Schulze, Die Kunst : den Ort zu finden

Viktor Kalinke & Caroline Thiele, El Gancho bravo – Tango-Etüden

Laurynas Katkus, Tauchstunden. Gedichte, litauisch - deutsch

Kinderschutz-Zentrum Leipzig, Familiale Gewalt. Familienberatung und -therapie im Schnittfeld mit der Justiz

Torsten Klemm, Konfliktverhalten situativ

Teil 1: Situationsmuster. Wege zu einer systemischen Theorie der Persönlichkeit

Teil 2: Psychologisches Verfahren zur Erfassung von Persönlichkeitsauffälligkeiten

Teil 3: Datenblätter zur Validierung des KV-S

SIKON. Situative Konfliktbewältigung. Handbuch zum Auswertungsprogramm

Delinquenz, Haftfolgen und Therapie mit Straftätern. Konzepte, Erfahrungen und ihre Evaluation

Bertram Kober & Viktor Kalinke, Freiheit macht Arbeit. Fotografien und literarische Porträts zum Rechtsradikalismus

Thomas Kunst, REIN THEORETISCH ADIEU - gesprochen von Thomas Kunst in Begleitung von Annekathrin Bahls (clar), Ralf-Ingo Ebert (piano, perc) und Dieter Altmann (git)

Kati Küstner, Narragramme - Bilder und Texte zu Trickster- und anderen Geschichten

Katja Langer & Viktor Kalinke, Liberi terrestris

Nina Mordowina (Hg.), Neue russische Kunst

Klaus Mylius, Älteste indische Dichtung und Prosa, 3. durchgesehene Auflage

Anja Oehme (Hg.), Oxymora. Salongespräche 1: Zeitpunkte und Augenblicke

Marion Quitz, Echo der Stille, Bildkatalog, zweisprachig englisch-deutsch

Ilka Pede, Betriebsklima und Gesundheit

Jens Rosch, Jokhang-Kreisel - Gedichte

Lev R. Silber, Das verborgene Gesicht Rußlands. Altgläubige, Stadtlandschaften, Porträts - Fotografie

Fachschaft Sorabistik an der Universität Leipzig (Hg.), Sorapis. Sorabistische Forschungsbeiträge, 4 Bände

Thomas Wolf, Nachbarschaften. Im kleinen Kreis. Sektor 1 - Fotografie

www.erata.de

Bibliographische Information: Die Deutsche Bibliothek
Die Deutsche Bibliothek verzeichnet dieses Buch in der deutschen Nationalbibliographie, detaillierte Angaben sind über http://dnb.ddb.de erhältlich

ISBN 3-934015-55-7

Titelbild: Tatjana Schkarina (St. Petersburg), „Der Fisch"
Lektorat, Satz & Layout: Viktor Kalinke

1. Auflage
Printed in Germany

Kantstr. 61 A
D-04725 Leipzig
Tel.: (+49) / 0341 / 3011430
Fax: (+49) / 0341 / 3011431
eMail: mail@erata.de
http://www.erata.de